網路古典詩詞雅集策劃

網海拾粹

網雅詩獎暨網路古典詩詞雅集十週年紀念集

目次

網
海
拾粹

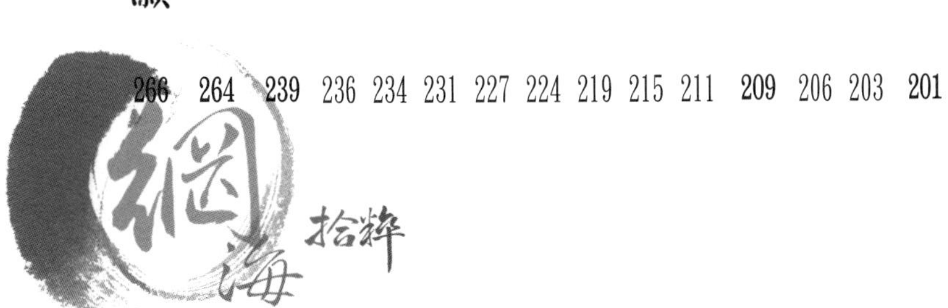
網
海
拾粹

網雅詩獎優勝作品專輯序

歐陽開代（天籟吟社理事長）

「網路古典詩詞雅集」成立於二〇〇二年，以「網路論壇」的形式運作，歷來參與的成員眾多，遍布台灣、大陸及海外各華人地區，向來是海內外聲譽卓著的詩詞論壇網站。雅集不僅在網際網路吟風弄月談詩論詞，更能不自限於「虛擬世界」的藩籬，積極與大學院校、民間詩社實際交流切磋，並舉辦詩詞活動，出版古典詩集，近十年來對於推廣古典詩詞的創作，實有不可磨滅的貢獻。

據悉雅集管理團隊一十三位幹部，有十二位是台灣本地詩壇的青年才俊，而其中楊維仁、鄭中中、吳俊男三位「版主」也同時是本社社員，因此長期以來，雅集管理團隊諸君與本社交流密切，夙為本社前社長張國裕老師、資深元老莫月娥老師所稱許，而本社也有多位社員，同時也參加雅集成為網路會員。自從今年四月起，網路古典詩詞雅集又與天籟吟社、淡江大學驚聲詩社合辦「古典詩學講座」，每月定期邀請學者專家專題演講，推廣詩學效果良好，廣受各界佳評。

台灣官方或民間所舉辦之各項文學獎，徵稿獎項多為新文學之散文、小說、新詩，徵選古典詩的文學獎則是寥寥可數。「網路古典詩詞雅集」為慶祝創立十週年，發願募集資金與人力，籌舉「網雅詩獎」以推廣古典詩，「雅集」重要成員楊維仁張富鈞二君與我接洽，希望天籟吟社能夠成為「網雅詩獎」的協辦單位，個人以為此項活動計畫良善而意義深遠，因而欣然贊同本社協辦「網雅詩獎」。據個人所了解，「網雅詩獎」的徵稿和評選方式與傳統詩社擊缽選詩的方式略有不同，徵集稿件之後經過初選、複選、決選的程序，慎重評選出優勝前三名與佳作若干名。「網雅詩獎」舉辦方式比照一般文學獎，而與傳統民間「全國詩人大會」擊缽選詩有所異同，實際上也有我們民間詩社可以參考的地方，值得關心傳統詩詞人士予以注目。

「網雅詩獎」評選程序完畢，即將在明年二月舉辦頒獎典禮，目前正在籌編《網雅詩獎優勝作品專輯》，主編李知灝教授請我寫篇序文，個人雖然不擅文辭，但是天籟吟社既然作為「網雅詩獎」的協辦單位，而雅集成立十年以來與本社又屬關係匪淺，因此概述雅集與天籟之淵源，兼及此次協辦詩獎之緣由如上，是以為序。

台北市天籟吟社理事長　歐陽開代

二〇一一年十二月

序

殷善培（淡江大學中文系主任）

文學本來是個人的事，坐臥南窗，吟風弄月，感物吟志，何其自適！但文學從來又不只是個人的事，奇文共賞，疑義相析，其樂何如！雖知音難覓，但文學仍待解人。嚶其鳴矣，求其友聲，是以文人雅聚由來久矣！梁園鄴下，群賢畢至，爰及唐宋遂有詩社。台灣自明鄭沈光文之後，詩教漸興，仕紳遊宦賡和不絕，日據時期更是維繫漢文化的中流砥柱；雖今日傳統式微，各縣市仍有不少民間詩社，擊缽聯吟，風雅斯傳。

隨著數位時代來臨，文學傳播方式亦與時俱進，詩社的交流從早期單向貼文的BBS邁向了網站的連結，星聚各方的詩詞同好共組「網路古典詩詞雅集」，十多年來推動台灣古典詩詞創作不遺餘力，四季徵詩，打響名號；近年更籌措經費，推動「網雅詩獎」，連珠合璧，漪歟盛哉！

淡江中文系鼓勵古典詩詞創作，校內有驚聲詩社，在歷任指導師長及社長的帶領下，獲獎無數，成績輝煌，社員活動力強，亦多參與網路詩社的運作。「網路古典詩詞雅集」成立十周年特舉辦「網雅詩獎」，淡江大學中文系有幸與天籟吟社共同協辦，以「網路」為題，既新且巧，新語詞入詩考驗詩家化俗為雅的能耐，且讓我們拭目以待。

序

李德儒（網路古典詩詞雅集版主）

回想在一九九九年紐約「環球詩壇」上網時，網上的詩詞論壇只有台灣望月兄的「藝文聚賢樓」和香港陳慶輝先生主持的詩詞論壇，及後又遇上了維仁兄及德國的徐兄。起初，各方詩友在四個詩詞網站經常同時發表同一內容的詩詞，為了精減網路上的疊床架屋，幾個古典詩詞網站便聯合一起。輾轉數年後，「網路古典詩詞雅集」終於在幾位志同道合的詩詞發燒友努力之下誕生。網路古典詩詞雅集的誕生，是為了讓喜愛古典詩詞的朋友們發表、練習和學習，可以說，這裡是學古典詩詞的「少林寺」，在互相討論研究之下，各人都有很大的進步。

我因年幼自香港移民美國，只有小學時代在正規學校中學習中文，中學時期已進入英文書院就讀，因此中文程度相當低落。這多年來，雅集讓我得到很多我沒法學到的學問，但是這並不是我最重要的得益，更重要的是我在這個網站上認識了很多志同道合的朋友，感受到四面八方濃濃的友誼！

香港某電視劇中的主人翁常說：「人生有幾個十年？」，的確，十年的時間不算太長，也不是短，在這十年中，雅集也不是一帆風順的，人事的變遷及某些因素，雅集版主增加了不少的新血，但亦有因某一些原因離開了。無論是新加盟或離開的朋友，相遇總是一個緣字，這份緣令我得到很多的友誼和回憶。我因為個性較為內向，不善言談，所以日常生活中較少深交的朋友，但在網路之上，雖然相隔十萬八千里，然而憑着文字上的交往，反而結識了很多的朋友，這裡很多的友情，是我人生的一大收穫，十年的相遇相知，是非常值得珍惜的！

此次《網海拾粹：網雅詩獎暨網路古典詩詞雅集十週年紀念集》，刊載「網雅詩獎」和「雅集十週年海外徵詩」的精選傑作，以及二〇〇七年夏季之後雅集舉行詩詞比賽的優勝作品。雅集十年來每一季辦理詩詞徵選比賽，這次更募集資金擴大舉辦「網雅詩獎」，並且出版這本專輯，除了雅集十週年的紀念性質之外，最主要還要是鼓勵古典詩詞風氣，希望能夠鼓舞、發掘出更多愛好古典詩詞的朋友，這正是網路古典詩詞雅集成立十年以來不變的旨趣。

李德儒　二〇一二年一月謹誌於紐約

出版緣由

曾家麒（網路古典詩詞雅集版主）

逸少〈蘭亭〉，書文俱奇；青蓮〈春夜〉，詠歌其樂。不有雅集之事，安得佳話之傳？曩者山川乖違，嘉會難得；今則網路便利，清談可期。西紀一九九八年，《藝文聚賢樓》倡於先，營網站以交流；次年，《雅軒畫廊》、《環球詩壇》、《古典詩圃》繼其後，對螢屏而創作。公元二千年九月廿六日，《藝文聚賢樓》、《雅軒畫廊》、《古典詩圃》、《磺溪傳統詩壇》、《環球詩壇》、《紫誼谷》、《沁園春》諸站締盟而成《詩詞討論發表區》，相約《雅軒畫廊》載詩，《沁園春》錄詞，《環球詩壇》登初學之作，《磺溪傳統詩壇》談名人之事，《紫誼谷》刊藝文訊息，《古典詩圃》論詩詞學理，《藝文聚賢樓》職司留言板。網站聯盟之雛形於焉成立。

西曆二〇〇一年，《藝文聚賢樓》、《雅軒畫廊》、《古典詩圃》、《磺溪傳統詩壇》、《環球詩壇》、《紫誼谷》、《沁園春》等站共組《古典詩詞網站聯盟》，既有分工之實，遂堅合作之名。嗣後逢壬午歲上元佳節，《網路古典詩詞雅集》正式開版成立，創始會員有李德儒、南山子、卞思、子惟、維仁、望月、碧雲天、小發、子衡、寒煙翠諸人，內容則含「詩薈」、「詞萃」、「新秀鍛鍊場」、「詩詞小講堂」四者，兼攝「南山詩社」、「興觀網路詩會」二組織。斯詩壇之盛事，時在西紀二〇〇二年二月廿六日。

兔走龍騰，轉瞬一秩。歲在壬而列九，序屬辰而為五。《雅集》之會員雖迭有更變，而雅集之初衷始終未渝。版主小發、楊維仁、碧雲天、子衡、故紙、壯齋、儒儒、樂齋等迺共議推「網路古典詩詞雅集十周年徵詩競賽」，以衍雅集十年之慶，後正名曰「網雅詩獎」。蒙淡江大學中文系、天籟吟社盡心協辦，暨海內外詩友網友大力贊助，兼之騷壇前輩友人惠賜稿件，計獲佳什七十有四，經初審王雅俐、張富鈞、張韶祁三位，複審李佩玲、黃仁虯、楊淙銘三位，決審陳文華、曾人口、楊維仁三位等共計九名評審老師，勞神費思，評選得鴻藻十有二篇。雖名額有限，遺珠難免，然獲獎諸作，實堪傳世，是故復邀集海外諸名流撰作，益以近年徵詩精選、雅集大事紀要等，匯成此書。

此書以《網海拾粹》為名，係風雲首唱，諸版主公推而成。網路篇什，浩如煙海，探驪匪易，得珠尤難。喜得雅士賜稿，展其光耀。二百年前，法國名筆米勒繪成〈拾穗〉一圖，流傳不朽。思厥收成之豐，田間所留，要皆精粹，殊堪尊重，固當採拾。《雅集》十年大成，以拾粹於網海為心，敬祈諸賢達鑒之。

某雖不才，受命撰序，用識此書出版因由，筆拙辭鈍，不免有玷於書中珠玉，然幸預其事，樂何如之。文末錄「網雅詩獎」工作名單如下

召集人（控管流程、對外發言）：小發
財務組（募款計算、預算審核、經費支出核銷）：碧雲天、天之驕女
庶務組（宣傳、紀錄、雜務）：故紙堆中人、五葉
賽務組（收件、邀請評審、協助評審會議）：維仁、儒儒
出版組（海報邀請函設計、作品集印製）：子衡、壯齋、樂齋
典禮組（頒獎典禮、十周年慶典進行）：風雲、微謙

網路古典詩詞雅集活動影像精選

2011.9.23教育部禮堂一百年教育部文藝獎頒獎典禮後雅集詩友合影，左起：何維剛、小普、故紙堆中人、郭佳燕（樂靡夫人）、維仁

：故

雅集詩友

學獎頒獎典禮後雅集詩友合影，左
授、故紙堆中人

2006.1.14.第四屆乾坤詩獎頒獎典禮，左起：許永德、吳俊男（風雲）、張允中（子惟）、羅尚老師、藍雲（乾坤詩刊創辦人）、黃文正（紀塵）、文建華（心宇）

雅集詩友聚餐後合影，左起：維仁、故紙堆中人、夜風樓主、嗥月者、甄寶玉、天之驕女、風雲

2010.10.31松山奉天宮天籟吟社九十周年慶
紙堆中人、知遇、風雲、子惟、子衡、維仁

2006.2.9雅集詩友聚餐，前排左起：竹塘立影、李德儒、嗥月者、卞思。後排左起：故紙堆中人、小發、維仁、風雲、子衡

2009.3.15
起：風雲

2009.3.8於台北市政府沈葆禎廳所舉辦之瀛社百週年全國詩人聯吟大會雅集詩友合影（前排左起：天之驕女、璐西、賴欣陽、風雲、東城居士。後排左起：維仁、子惟、何維剛、故紙堆中人）

雅集聚會

2009.2.22板橋逸馨園舉辦雅集七週年聚會後合影，前排左起：筱雅、晏齋、南山子、劉榮生先生、洪淑珍、楊維仁。中排左起：李微謙、風雲、錦瑟、心如雪、一善夫人、天之驕女。後排左起：五葉、故紙堆中人、儒儒、一善

2006.8.13台北市小羊兒餐廳舉辦雅集四週年半聚會時合影。左起：李微謙、吳東晟、風雲

羅尚先生

2003.8.24 於台北市耕讀園舉辦雅集創立一週年半慶祝大會後合影，前排左起：笠雲生、張國裕老師、羅尚老師、莫月娥老師、林正三老師。後排左起：卞思、維仁、沐雲李榮嘉、小發、李微謙、風雲、子衡、藏舍主人、碧雲天、采石張儷美

莫月娥老師

會場一景

2011.11.22與陳靄文、晁昊在萬有全涮羊肉聚餐後合影（左起：晁昊、故紙堆中人、風雲、和亭、陳靄文伉儷、維仁）

雅集聚會

聚會，會場一景。

2007.8.26台北市耕讀園師大店快雪時晴齋舉辦雅集六週年聚會，會場一景。

張國裕先生

2008.2.17台北市喫茶趣衡陽店舉辦

2007.8.26台北市耕讀園師大店快雪時晴齋舉辦雅集六週年聚會，會場一景。

2008.2.17台北市喫茶

4起，雅集與臺北市天籟吟社、淡江大學驚聲古典詩社合作，假三千
舉辦「古典詩學講座」。圖為2011.8.28講座一景。

2011.5.22李知灝教授主講「臺灣古典詩刊的發展與特色」

詩學講座

欣陽教授主講「平生冷抱耽岑寂－談張夢機教授的古典詩創作」。
天籟吟社社長歐陽開代先生、賴欣陽教授

2011.4.24洪澤南老師主講「詩詞吟唱與琴歌」

網雅詩獎競賽優勝作品

決審感言

陳文華（淡江大學中文系教授）

「網路」，是當代科技背景下新生的事物，作為古典詩創作比賽的題目，固然是配合了主辦單位—「網路古典詩詞雅集」—以網路為平台徵詩論藝的性質，更重要的意義，乃在開拓古典詩寫作的題材，為古典詩與現代社會之結合，又有了新的嚐試。

長久以來，一般人或者有這樣的誤解：以為古典詩是一種古董，已不能契合於現代的社會。但我個人一貫主張：古典詩其實是當代文學文類之一。其性質與位階和現代詩、散文、小說並無不同；同樣都是這個時代環境下的產物。其內涵與題材，都同樣是在現實土壤下所孕育形成。與其他當代文類相較，其差異只在外在之形式與語言是源自於古代的傳統，因而被稱之為「古典詩」。但作為文學作品，必然需要植根於現實之土壤，始能開花結果。不只現在，在源遠流長的中國詩歌歷史中，莫不如此。不然，以「詩史」著稱的杜詩絕對不會產生，以標榜反映社會現實的元、白新樂府也無從得見；在題材上，「葡萄」、「苜蓿」、「胡旋舞」、「霓裳曲」，這些在漢、唐始自異域傳入中土之新事物，也不斷被詩人載入翰墨，形諸吟詠。由此可見：我們的詩歌傳統原未抽離現實。如果缺乏了這種精神，豈不成了優孟衣冠，徒具形骸。認識這一點，一些反對新事物、新語料入詩的守舊詩人，應可有所反省；而某些將古典詩視為假古董的人，也應摒除私見，公平地將其納入當代文學領域內。

因此，以「網路」為題材入詩，值得肯定。但既然是「詩」，而且是「古典詩」，作法上仍有些需要考量。第一，詩的本質是透過形象語言以宣情達意，其審美趣味重在意味深長，餘韻無窮。以網路的題材來說，如直說其使用如何便捷，資訊散布如何快速，影響如何深廣，則味同嚼蠟，讀之如同政令文宣或廣告文案，如何能引人興味？如何將現代科技產品用文學語言來呈現，對作者來說，確實是一大挑戰。本次比賽，優勝劣敗，這是一大關鍵。其次，既是「古典詩」，除了形式要件如聲律偶對必須符合規格外，古典意象絕對是其中重要的成分。如何善用書卷，融化成語，藉古喻今，化實為虛，將典故運用到時髦的題材中，又是更大的挑戰。以本次參賽作品而言，能名列前矛者，大多都有應付這一挑戰的優異表現。如寫大陸的網路防火牆：「風沙已瘞兜鍪影，網路新興版築聲」、寫網路的虛擬世界：「網絲牽有跡，春夢了無痕」、寫網路引起之茉莉花革命：「無形無色無身影，卻是名齊博浪沙」，都是成功的例證，略舉一臠，可知全鼎。

很榮幸參與了本次比賽的評審工作，爰將心得感想略作申述。期待我們的古典詩壇能藉由網路的便利，以及主事者之辛勤耕耘，結出更豐碩之果實。

決審感言

曾人口（雲林傳統詩學會理事長）

這次網路古典詩詞雅集所舉辦的「網雅詩獎」，徵詩之主題為「網路」，詩體規定律詩或絕句，限以平聲韻創作四首，題目自訂，以網路為創作範圍。這種徵詩辦法雖跳脫了台灣擊鉢詩壇一題、一體的限制，但畢竟還帶些擊鉢詩的成分。

從複審後入圍的廿六件作品，其中以四首全作七律佔十件，四首全作七絕佔八件為多數來看。似乎可理解全作七律者，要以內容爭勝；全作七絕者，要以韻味爭勝。這情形是參加本次評審取捨之間的困惑。就所有作品聲韻、詞彙的運用分析，不難看出有初學的新秀和擊鉢詩壇的老手。因為有些新手將入聲字用為平聲且不避孤平，有些作品運用了擊鉢詩壇常用的習慣語言。

這種迎合時代的主題，本來正可今古時空、新舊知識交叉變化加以發揮。然而，幾十年以來新詩抬頭，傳統詩一直被忽略，在「古調雖自愛，今人卻不彈」的情形下，有了這些人還在「平平仄仄」，就已難能可貴，得獎與否大家似乎不會計較，互相「切磋砥礪、攻錯他山」才是舉辦詩獎的真正意義。

這次徵選如果能規定創作五、七言律詩各一首，五、七言絕句各一首，共四體、四首，評選的取捨就容易多了。當世衰道微、詩學不振之際，站在同樣是傳統詩愛好者的立場，每件參加的作品應該都可以當第一名看待吧！

決審會議參與成員。前排右起：曾人口（雲林傳統詩學會理事長）、陳文華（淡江大學中文系教授）、楊維仁（網路古典詩詞雅集版主）。後排右起：吳俊男、李正發、張富鈞（皆為網路古典詩詞雅集版主）

決審會議詞宗評選身影

決審感言

楊維仁（網路古典詩詞雅集版主）

網路古典詩詞雅集慶祝成立十週年，舉辦「網雅詩獎」徵選活動，個人承蒙雅集管理群組同仁推舉代表雅集參與決審，有幸追隨曾人口老師、陳文華老師兩位師長參與決審，並仔細拜讀投稿網雅詩獎的各大吟壇傑作，深感獲益良多。

經過複審委員推薦進入決選共有二十六份稿件，總計一百零四首詩作。徵詩主題「網路」為前人所未曾接觸的現代事物，但是徵詩體裁卻是格律嚴謹的絕句律詩，因此如何調配現代精神與古典韻味，是作者必須煞費心力的關鍵所在。部分作者完完全全以現代詞彙入詩，使得作品過於平鋪直述，反而妨礙了古典詩的韻味，所以只好予以割愛；另有部分作者對於稿件的校核不夠嚴謹，違反格律的疏失過多，也是無法入圍。相對的，某些作品既能刻畫現代科技的網路生活，又善於鎔鑄典雅的詞彙，則是三位評審相當激賞的傑作！

編號006《條條網路自由行》，第一首〈網路〉頸聯「超脫形骸遊物外，直追科技上雲端」，出句傳統而對句新潮，以傳統詞彙「物外」「形骸」對仗現代詞彙「雲端」「科技」，誠屬巧妙。而第二首〈交遊〉則各聯俱佳，尤為可觀！

編號036《網路現象雜詠四首》，各首遣詞造句俱有可觀，尤其擅長以古典的詞彙和典故鎔鑄於現代題材當中，深得此次徵詩之旨趣！

編號046《網際網路》第三首尤其令人激賞，結尾以「博浪沙」比擬網路「茉莉花革命」，精采有味。第一首用佛經「納須彌山於芥子」之典故作結，貼切而典雅，第五句雖有「下三仄」的商榷餘地，然而「下三仄」在古今名家詩作之中原有前例可循，更況且「滑鼠」為專有名詞，「滑」字亦屬避無可避之選擇。

編號047《網路》四首情采兼具，並且善於活用各種典故，「善待吾人問，回聲似撞鐘」、「虛擬三千界，流觀宇宙圖」、「無復三緘口，爭舒九轉腸」、「網絲牽有跡，春夢了無痕」俱屬佳構！

編號050《網路交友等四首》，「欲赴蓬山連線可，何勞鵲鳥搭橋頻」、「萬點梅花飛十指，千江明月託孤心」皆有巧思，惟第一首末句「此情虛擬莫當真」的「當」字應以讀仄為宜，此處格律尚待商榷。第二首第一句與第三首第三句俱屬下三仄，雖三仄腳亦有前例可循，然個人以為四首之中兩用三仄腳，似可避免。

編號072《上網有感四首》皆能陶融古今，亦屬傑作。惟兩處聲調恐待商榷：

第一首次句「虛擬時空我獨王」，「王霸」之「王」則應讀為仄聲；第三首次句「輕柔燕語令心迷」，令字作「使」「讓」之義時，以讀平聲為宜，如「徒令上將揮神筆」（李商隱）、「空令歲月易蹉跎」（李頎）是也。

台灣各個政府機關與民間機構所舉辦的「文學獎」多以現代文學的獎項為主，設有「古典詩組」的文學獎則屬少之又少。網路古典詩詞雅集以區區十幾位同好，蒐羅人力財力辦理專屬古典詩的「網雅詩獎」，很高興能受到各界的支持與響應，也收到很多很好的投稿，我們期望能藉著這次活動拋磚引玉，希望能有更多的機關或社團出錢出力舉辦羅動，一起來提升古典詩創作的風氣與水準。

第一名
何維綱
國立中央大學中文所碩士生
，主要研究領域為魏晉南北
朝文學與詩學。

網路現象雜詠四首

電子佈告欄——台大PTT

閭里街談始稗官，芻蕘小道莫輕看。難澆壘塊生胸次，漫鍵文章隨指端。
網海浮沉情俗雅，鄉民論議世悲歡。玄牆素字書人隱，禪補流風亦不刊。

案：鄉民為一網路成詞，為台大電子佈告欄PTT網友之俗稱。

臉書偶遇幼時故友，談及舊事今時，感而後作

困學經年久閉關，軒窗寂寞坐書山。看春只覺前緣了，掛網誰拈夙誼還。
霧豹半生嗟變幻，靈犀一點笑投閒。螢屏獨對雖無語，縷縷茶香指鍵間。

線上遊戲

莫道蝸居地一弓，穿梭螢幕變時空。凌霄振翼偕神侶，潛跡揮戈鬪鬼雄。
蝶亦非周虛實外，子安知我醉醒中。虛名離線終消散，徒賸黃粱夢逐風。

中國網路防火長城

漢壘秦關萬里城，安疆閉守苦蒼生。風沙已瘞兜鍪影，網路新興版築聲。
唯憫翻牆求信據，豈因防火蔽輿情。神州何處無憂患，專擅人間說太平。

案：翻牆為一網路成詞，指大陸網友為求訪問被官方防火牆過慮而被遮蔽的網站（多數為西方、日本與台灣網站），藉由非法軟體強行突破防火牆的隔擋。

懷先
啓後

第二名

洪澤南

政大中文碩士，草屯人，高中教師。

目前擔任淡水、北投社大暨國父館、社教館、台灣戲曲學院講

主講「漢文基礎與傳統吟調」。

早年霑溉於中文系所，
並師事淡水耆儒李伯臻（詩人李騰嶽哲嗣），
研究劍樓書房、天籟吟社等傳統文人調。
於文山吟社、松社數年，也見習了壇坫擊缽遺風。
在教學上，強化專題賞析、審音度律；
至於作詩，則長以一語深自惕厲：「具備性靈胎易脫，了無風韻俗難醫」（鄭坤五，〈詩骨〉）。

網路

其一

善待吾人問，回聲似撞鐘。新知無不識，舊學亦包容。
何遜良家教，能贏古辟雍。終身親炙者，聞見廣心胸。

其二

虛擬三千界，流觀宇宙圖。田園堪種作，聲色任歡娛。
不憚關山隔，何辭日夜趨。但憑君上網，驚艷蹈康衢。

其三

放言憑此路，敲鍵著文章。無復三緘口，爭舒九轉腸。
北非開茉莉，南國聚鴛鴦。人肉齊搜索，睽睽網惡狼。

其四

聰明生大偽，老氏固明言。滿徑痴兒女，成天競走奔。
網絲牽有跡，春夢了無痕。假作真時處，輸他幾覆翻。

一九五〇年生，逢甲大學合作經濟系畢業

第三名 龔必强

曾任：

台灣省政府建設廳科員；宜蘭縣政府財政局專員、課長；宜蘭縣仰山吟社理事、總幹事；佛光山蘭陽仁愛之家、宜蘭縣社會學苑古典詩講師。

曾獲：

教育部93年文藝創作獎；台北市第八屆、第九屆台北文學獎；南投縣第八屆玉山文學獎；宜蘭縣第一屆蘭陽文學獎；南投縣第一屆文昌獎；中華民國傳統詩學會99年優秀詩人獎；財政部90年優秀財政金融人員獎。

網際網路

其一

一網相連一網通，搜尋資料遍西東。臉書交誼情何已，微博談心興不窮
滾滾商機滑鼠下，層層文檔視窗中。須彌芥子神仙境，錫福生民科技功。

其二

科技日新新又新，虛空網路有奇珍。傳輸海內添知己，跨越天邊做比鄰。
雅虎求知才識好，谷歌交友性情真。區區畫面乾坤大，萬象包羅妙絕倫。

其三

網網綿延到海涯，催生茉莉喜開花。精神感召尋常客，資訊流通百萬家。
翦滅昏君人曷在，推翻暴政事堪誇。無形無色無身影，卻是名齊博浪沙。

※催生茉莉喜開花：指「茉莉花革命」，2010 年末至 2011 年初突尼西亞反政府示威導致政權垮台，經由網路報導流通到專制國家內，對北非及中東各國產生極大影響，反政府示威浪潮一波波，見證網路之奇功。

其四

九州連線展鵬程，呼喚風雲自在行。堪把鍵盤充筆寫，且將螢幕作田耕。
新知探索翻新頁，古籍宣揚發古聲。網路猶堪安社稷，扶持經濟肇繁榮。

佳作
陳國勝

西元1964年出生於彰化縣芳苑鄉崙腳村

現任彰化縣香草吟社理事長兼指導老師

並為國中小臺語教師暨作文指導老師

網路揚風

網路張開一片天，推敲韻律屢新妍。
衛道匡時欣誼契，興詩矯世樂薪傳。
宏揚國粹精神奕，丕振元音意氣堅。
課題豐富吟情勃，志繼尼山聖教綿。

網路契知音

出題拈韻共吟哦，藉指傳輸雅興多。
華妍鳳藻千篇集，璀璨珠璣一網羅。
養性怡情懷可抒，移風易俗德堪歌。
衛道昌詩盈十載，讚揚天籟績勳峨。

網路盟鷗

有緣天籟會騷人，網路揚風居十春。打造清高詩世界，千秋永續漢精神。

網路聯吟

指間吟賦藻爭妍，滙聚清流一線牽。螢幕蔚成鄒魯地，宏揚國粹績巍然。

現任古典詩研究社名譽理事長，春人詩社名譽社長，中華詩學研究會常務理事等職。創辦《古典詩刊》，自任主編七年餘，按月發行，迄未間斷。
曾獲內政部熱心詩教獎，教育部古典詩文藝創作獎。著有《征途吟草》、《袖山樓吟稿》等詩集四輯。

鄧璧

佳作

字種玉、號堅白、別號袖山樓主，一九二五年出生於安徽省宿松縣，現住台灣新北。

歷任上校軍職暨中華民國古典詩研究社理事長，中華學術院詩學研究所、全球漢詩學會顧問，紐約四海詩社名譽社長。

條條網路自由行

其一 網路

網自恢張路杳漫，升天入地莫能干。
超脫形骸遊物外，直追科技上雲端。
社群連接資源廣，國際交流視野寬。
但憑一鼠輕輕滑，所欲從心克萬難。

其二 交遊

莫問當前幻抑真，點來都是有緣人。
識面初逢屏上影，傾心猶對鏡中身。
山重水複渾無阻，地北天南若近鄰。
他時雞黍如相約，情更交融誼更親。

其三　學習

幽齋獨對樂如何，發憤幾忘歲月過。點閱文嫌千字少，搜尋書比五車多。
最宜雅集供酬唱，不放吟儔共切磋。有益無須更開卷，得來一一入胸羅。

其四　娛樂

老來上網啟新程，心到專時眼更明。局入象棋爭楚漢，場開馬弔鬥輸贏。
遙山遠水多佳景，妙舞清歌總熱情。不出門耽天下樂，悠然自在足平生。

註：馬弔、博戲名，俗稱麻將。

佳作

陳麗華

字蘆馨，啟蒙老師是楊振福老師

臨老學詩又是商校畢業，故在學詩過程中備感艱辛。自覺知識貧乏，到台大旁聽或在天籟詩社的讀書會學習，在楊振福老師推薦之下並加入瀛社，並陸續加入天籟吟社、春人、中華詩學、古典詩刊等，磨練自己的創作能力。

網路雜詠

其一

傳書隔海豈云遙，彈指俄成不費招。網路求知通萬國，論壇寄慨話終朝。
每呼連線情彌篤，相對論文興倍饒。科技日新今若此，衛星掌控最高標。

其二

科學當誇日日新，郵傳千里不勞神。按憑一指游移速，搜藉雙眸轉動頻。
旨趣每從屏上得，襟懷合向網中親，縱然耳畔無人語，鬥韻鏖詩句句真。

其三

千里迢迢一線牽，交朋遠到海雲邊。相投臭味融膠漆，共譜新詞入管弦。
好句搜羅心有待，佳音佇候夜無眠。買書不必勞車馬，網路商機景正妍。

其四

網路文章不設垣，書城坐擁百家言。評詩論畫嘔心血，鑑古觀今究本根。
學術交流人輩出，資源共享世同尊。影音清晰尤堪樂，使我聞歌起舞翻。

陳素端 佳作

民國59年8月1日出生南投。高職畢，家管。喜愛中國文學、歷史小說、古典詩詞。一九九四年參加南投藍田詩學班，受吳振清老師指導詩學，獲益良多。此後嘗參加中華詩壇及全國各大詩會，掄元入選多次。對於詩的感情日於濃厚，已成生活中的重要課題。再次感謝評審老師的青睞，未來我會更用心去學習。

網路時代

電信展鴻圖，寬頻數據輸。百科知識富，多項效能俱。
報稅開專線，投郵設捷途。交流資訊佈，消遣視聽娛。
創業通寰宇，聊天遍海隅。影音光世代，網路任馳驅。

網路情緣

科技昌明網路連，開機上線結良緣。鍵盤敲打心聲訴，字幕分明愛意傳。
四海朋交無國界，三生石證有情天。終成眷屬關雎詠，比翼雙飛美夢圓。

網路購物

網路平台產品銷，琳瑯滿目任君挑。家門不出輕鬆購，宅配成交效率昭。

網路郵件

神奇網路中，電信奏奇功。訊息隨時送，天涯即刻通。

黃福田

佳作

1964年出生於高雄，O型雙魚座，品茶、運動、音樂為主要休閒活動。從小即對古典文學有著莫名的喜好，但對詩詞卻止於流覽背誦而已。及至軍旅生涯，偶讀「千家詩」才稍微領略詩詞意境之美。

民國95年，閱讀張夢機教授名著《古典詩的形式結構》，又成為「古典詩詞雅集」之會員，在觀摩各方家之大作，又各版主不吝指導之下，方知平仄、格律之所以，才能一探詩詞之奧妙所在。

電子信箱等四首

電子信箱

對網馳鴻互問辛，芳儔疏戚若牆鄰。巴山話雨尋常事，與子相郵不厭頻。

網路紀實

虛擬南疇養稻忙，敲盤薄幕指催香。潮商宅市陶朱貨，酷妹身欺網路郎。
且就臉書生冷暖，還憑視訊慰滄桑。新來奮筆緣何意，雅集邀詩法宋唐。

耽玩網戲有感

牟留刺激飫無聊，勒鼠長征日復宵。線上三更酣算計，燈前半寐苦逍遙。
穿關偶喚雞鳴早，逐寶須防狗盜招。總喜聲光盈耳目，餘脂凝腹亦豐腰。

偶上聊天室所見

言傳無礙遠，往返密成癡。一語親如故，千思喟已遲。
寒暄符號碼，惜別火星辭。此可閒消遣，休因以廢時。

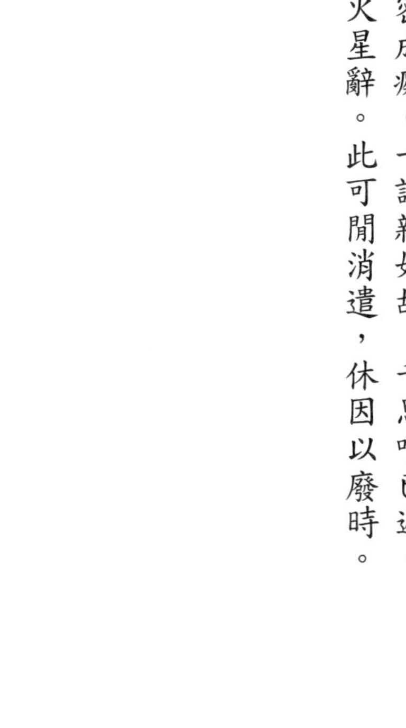

佳作　王志雄

東海大學美術研究所畢業

台陽美展金牌（59）、銀牌（56）、銅牌（58、60屆）

中部美展第一名（40）

大墩美展第一名（4）

台南市美展第二名（1）

台中縣藝術薪火相傳接力展（9）

大墩文學獎傳統詩佳作（7）

大地農情歌曲徵詞活動佳作

馬祖記憶鑿痕：馬祖故事徵集評審推薦獎

玉山文學獎古典詩第三名（13）

文建會「部落格文學獎」第二名

萬善同歸牽水狀詩文徵選佳作

影像閱讀・故事敘寫徵文佳作

網路現象

電子郵件

案前疏日夜，賓友助歡欣。盡摶山中景，時傳海外聞。
刪存終意亂，收發倍殷勤。一盼魚書至，點來淩氣氛。

網路遊戲

花月無心賞，勾留虛擬城。遊標尋將帥，滑鼠戰豪英。
宰相難謀國，匹夫能弄兵。八荒多怪事，鬼魅不需驚。

聊天室

偷閒何處賦新詞?線上春風掛滿枝。紐約清晨花落早,臺灣薄暮鳥歸遲。
青萍綠水猶存眷,皓髮紅顏莫問私。網際比鄰難識面,相逢貴在一心知。

網路電視

雲端豈料有神仙,欲亂凡塵不費牽。總道壺中存日月,卻疑今夕是何年。

雲端:網路,雲端運算(英語:cloud computing),網路科技的代名詞。

佳作
張瓊雯

菩薩蠻/自述

瓊林攬月留花醉，
霙臺吟風踏雪遲。
秋色幾分涼，
玉階零落香。
絕世希獨立，
求索心何急。
誰伴共銷磨？
清輝寒玉鐲。

姓名：張瓊霙
筆名：天上月
個人：一個不甘寂寞，卻寂寞很久的人
親人：一處幻想比實際厲害的避風港
朋友：一顆顆捧在懷裡的未爆彈
學歷：中文系（成大夜→嘉大碩→中正博）
現職：大學的兼任講師（自詡三家師）
部落格關鍵字：總道春風好　風來柳自飛

網路交友

相逢網上若交親，未見先成夢裡人。欲赴蓬山連線可，何勞鵲鳥搭橋頻？
曾為漏夜勤敲信，幾度待機空費神。蝴蝶周公誰未醒？此情虛擬莫當真。

博客貼文

達達敲文貼上網，蹇驢麒驥各奔馳。甘泉羽獵憑誰問？赤壁秋聲獨自知。
過客往來成數字，光纖遠近在同時。輕關電腦無尋處，明日開機待子期。

線上交友打怪

更闌薄醉思豪士，掛網邀人倦亦醒。暗黑屍魔出利爪，胭脂乳獸散微腥。
同當福禍為兄弟，誓以死生除惡靈。戰後笑言相謝去，幾回浮世一忘形？

漫遊詩網

周流詩網百龍吟，鏤彩螭文繡蹙金。萬點梅花飛十指，千江明月托孤心。
同君移魄觀秋水，邀我分身到上林。此際漫遊何所意？峨嵋山下坐調琴。

佳作

陳原福

我是陳原福，台南師專及高師大教育系畢業，曾服務於高雄市樂群、新興、獅糊、中正等國小達35年，目前已退休。中華民國傳統詩學會會員。高雄市第一社區大學古典詩與對聯習作班學員，指導老師曾人口。在曾老師傾囊相授、循循善誘之下，對古典詩詞由認識逐漸產生濃厚的興趣。除了與同學們互相切磋，也鼓勵同學們嘗試寫作。期盼日後大家都有佳績，成為古典詩壇的生力軍，不負老師傳承的厚愛。

杉林溪
上善若水
中國醫藥大學暨附設醫院

網路去來

網迷迷網

螢幕漫游年復年，長思展翅上青天。方聞鴿陣遭羅網，又見漁夫困淺淵。
怨女癡男迷博客，影音資訊惑心田。招蜂引蝶螢屏敘，難竟雲端未了緣！

遠距教學

孫猴跟斗顯神通，資訊影音分秒融。數位頻寬羅萬象，薪傳遠距勢如虹。

網路劫

全球飆網路，捷徑越時空。知遇千山隔，交流十指通。
影音傳送眩，資訊網羅豐。科技雙鋒刃，時聞中毒弓。

網友唱酬

孤陋寡聞何足哀，聯歡酬唱有平台。網魂直引騷魂動，屏面爭迎人面來。
一縱詩情拋物我，爭揮指筆任徘徊。呼朋共譜蘭亭敘，滑鼠通宵案上推。

DEAD OF THE ROCK
Decision

賴欣陽，一九六八年六月生於台中霧峰，國立中央大學中國文學研究所博士。目前為台北大學、東海大學兼任助理教授，專門研究領域為中國古典文學及現代歐美文學批評。著有《「作者」觀念的探索與建構——以《文心雕龍》為中心的研究》（二○○七年）。

上網有感四首

其一　上線玩對戰遊戲偶成

縱觀天下誰為主，虛擬時空我獨王。殺盡千軍不流血，月移窗影照蒼茫。

其二　以即時通視訊對話有感

傳音千里即時通，巧笑猶留視訊中。設若牛郎知上網，豈愁玉露待金風？

其三　頻見網上藉婚友詐財案有慨

網內情深豈復疑？輕柔燕語令心迷。一朝金盡餘踪杳，腸斷襄王夢覺時。

其四　欣聞中東諸國人民以臉書連繫，掀起革命浪潮

呼羣保義暴君除，革命當今藉臉書。走出螢屏齊吶喊，孰云天網盡為虛？

網雅詩獎初、複審紀錄

本次徵詩，乃是為慶祝網路古典詩詞雅集成立十周年所舉辦。自二〇一一年九月一日（四）起開始收件，至九月三十日（五）截止，凡具有中華民國國籍者皆可參加，共徵得七十四件，以古典詩之徵選而言，數量已是非常多。近幾年在文學類之競賽中，古典詩往往被斥為「傳統」、「古老」；或因來稿件數稀少，被誤以為不受歡迎，而被主辦單位所輕視，逐漸退出文學獎的行列。實際就文學之發展而言，古典詩雖體裁為傳統之形式，但其精神、內容皆可與時俱進。唐代詩人白居易即言：「文章合爲時而著，歌詩合爲事而作。」清末詩人黃遵憲亦常以新事物入詩，自云：「我手寫我口，古豈能拘牽。」本次徵詩之主題為「網路」，自是承襲此與時俱進之觀念而來。然而或是過於新穎之故，主辦單位雖以「網路」為主題，舉凡以網路之各種面向及其相關事物，皆可為吟詠之題材，然而部分之投稿者卻直以「網路」為題，範圍略顯窄小，頗為可惜。

就本次作品而言，雖有些作品格律上略有小失，然其內容頗有不少可誦讀玩味之作。討論後，僅就其中〇一四〈上網四事〉、〇一九〈網路之損等四首〉、〇四一〈網路雜感四首〉、〇四五〈網路－絕句四首〉、〇五六〈網路上癮等四首〉、〇六四〈網路詩四首〉等六篇格律有完全不合者予以刪除。雖說格律非一首詩優劣之最高評判標準，但仍是較為客觀與入門之評斷原則，希望後來者能多注意於此。

經初審後，計有六十八件作品入圍，由複審老師審查完所有作品後，各自勾選入選作品，得二票者即可進入決審，複審老師並可特別推薦二件作品直接參與決審。經由主辦單位統計三位複審的勾選後，得票數如下：

得三票者：

○○六〈條條網路自由行〉、○一一〈網路雜詠〉、○三六〈網路現象雜詠四首〉、○三八〈彈指天涯共詩心〉、○四○〈電子信箱等四首〉、○四六〈網際網路〉。

得二票者

○○二〈網路揚風等四首〉、○○四〈網路創父波斯特爾等四首〉、○一三〈網路四首〉、○二二〈網路等四首〉、○三二〈網路人生〉、○三三〈樂當快樂的網路秀才〉、○三九〈網路-BLOG(部落格)行四首〉、○四三〈網路現象〉、○四四〈網路宏揚古典詩〉、○四七〈網路〉、○四八〈網路與我〉、○五○〈網路交友等四首〉、○五二〈網路去來〉、○五八〈網路搜尋等四首〉、○六二〈網路雜詩四首〉、○六六〈網路網乾坤〉、○六七〈網路〉、○六九〈網路朋友聯繫有感之七絕四首〉、○七二〈上網有感四首〉。

推薦入選者（若作品有其它評審亦勾選入圍或推薦者，則直接計為二票或三票，不再特別列出）：

○三一（網路時代等四首）

經統計後，一共有二十六件作品進入決審。

複審評審（依姓名筆畫序）：

李佩玲（第十三屆臺北文學獎古典詩組評審）
黃仁虯（醒覺文教基金會義務講師）
楊淙銘（國立臺灣師範大學國文系講師）

初審評審（依姓名筆畫序）：

王雅俐（淡江大學中文系助理）
張富鈞（網路古典詩詞雅集版主、淡江大學中文系兼任講師）
張韶祁（網路古典詩詞雅集版主、康橋中學教師）

網雅詩獎決審會議記錄

會議時間：二〇一一年十一月二十六日（星期六）中午十二時
會議地點：喫茶趣衡陽店（臺北市中正區衡陽路62號2樓）
評審委員（依姓名筆畫序）：陳文華（淡江大學中文系教授）
曾人口（雲林傳統詩學會理事長）
楊維仁（網路古典詩詞雅集版主）
列　席（依姓名筆畫序）：吳俊男、張富鈞
會議記錄（依姓名筆畫序）：李正發

會議首先由主辦單位報告本次參賽情形，共有七十四件作品參賽，經過初審委員王雅俐、張富鈞、張韶祁，及複審委員李佩玲、黃仁虯、楊淙銘等人審查後，評選出二十六篇作品晉級決審。決審應選出前三名及佳作若干名；評審委員並有權決定獎項是否從缺。

決審委員公推陳文華擔任會議主席，並決議每位評審在二十六篇決審作品中，先勾選十三篇作品予以討論。

第一輪投票

○○六〈條條網路自由行〉：三票，陳文華、曾人口、楊維仁。
○三六〈網路現象雜詠四首〉：三票，陳文華、曾人口、楊維仁。
○四○〈電子信箱等四首〉：三票，陳文華、曾人口、楊維仁。
○四三〈網路現象〉：三票，陳文華、曾人口、楊維仁。
○四六〈網際網路〉：三票，陳文華、曾人口、楊維仁。
○七二〈上網有感四首〉：三票，陳文華、曾人口、楊維仁。
○○二〈網路揚風等四首〉：二票，陳文華、曾人口。
○一一〈網路雜詠〉：二票，曾人口、楊維仁。
○三一〈網路時代等四首〉：二票，曾人口、楊維仁。
○三八〈彈指天涯共詩心〉：二票，曾人口、楊維仁。
○四七〈網路〉：二票，陳文華、楊維仁。
○五○〈網路交友等四首〉：二票，陳文華、楊維仁。
○五二〈網路去來〉：二票，陳文華、楊維仁。
○六二〈網路雜詩四首〉：二票，陳文華、楊維仁。
○一三〈網路四首〉：一票，陳文華。
○二二〈網路等四首〉：一票，曾人口。
○三二〈網路人生〉：一票，曾人口。
○四四〈網路宏揚古典詩〉：一票，曾人口。

○六六〈網路網乾坤〉：一票，陳文華。

得票作品共有十九篇，主席陳文華請評審先就得一票數者進行討論，評審如願意為該篇作品爭取支持者，請發言；不願意爭取的，可以不列入討論，但也可以發言。

一票作品討論

○一三〈網路四首〉

陳文華：我覺得這篇作品用字比較樸素，也有一些含義在，像第二首的「人人得方便，漸漸失周延」對得就很不錯。可是有些我看不太懂，像第三首的「箴言容不使」，還有第四首的「風情止兩廂」，不太清楚他的意思。如果兩位評審都沒有意見的話，我想就放棄好了。

楊維仁：「風情止兩廂」我也不太清楚他的意思是什麼。

○二二〈網路等四首〉、○三二〈網路人生〉、○四四〈網路宏揚古典詩〉

曾人口：這三篇都是我投的，但這些在格律、造句上都有些瑕疵，我想就不要列入討論中。

○六六〈網路網乾坤〉

陳文華：這篇我覺得太多湊韻，我想就不特別爭取。

二票作品討論

陳文華：關於二票之作品，一共有七篇。按照主辦單位的想法，根據作品的優劣，可以決定佳作名次的多寡。那麼是否我們就先討論二票作品有沒有要放棄，或是認為可以特別予以爭取到前三名的作品，置入第二輪討論中，其餘的作品就列入佳作，不知兩位評審以為如何？

曾人口：可以。有問題的就先提出討論，沒有問題的就先這樣處理。

○一一〈網路雜詠〉

楊維仁：本篇我覺得還不錯，可以考慮列入前三名的討論。

陳文華：這篇作品很穩，該講的都講了，但是就感覺沒有什麼精采，像第三首末兩句「買書不必勞車馬，網路商機景正妍」。就意思而言沒有錯誤，但就覺得少了那麼一點詩味。我認為寫詩雖然題目是新的，像這次題目是「網路」是非常新的東西，但是還是應該要有一點古典詩所具有的書卷曾人口：我想這篇就這樣就好，不特別爭取。這樣反而變成了一種宣傳式的口號，不像是詩。道。如果只是不斷的在說網路多便利、多發達，可以普及教育等等的，氣。把新的東西跟一些舊的典故、意象融合起來，這樣才有古典詩的味

〇三八〈彈指天涯共詩心〉
曾人口：關於這篇我覺得可以放棄，因為裡面有失黏的現象，像第一首的「騷朋切磋吟情重」，「磋」字應該是平聲。
陳文華：我覺得這篇有幾處也犯了合掌的毛病。如果曾老師與維仁覺得可以放棄，我想就不要列入了。
楊維仁：我也不堅持列入佳作。

〇四七〈網路〉
楊維仁：這篇作品我認為很好，可以列入前三名去討論。
陳文華：這篇作品可以考慮，有些地方其實很不錯，像第二首第一聯的「虛擬三千界，流觀宇宙圖」這就很不錯。但第三首末句的「睽睽網惡狼」如果改「恢恢」其實更切題。

〇六二〈網路雜詩四首〉

曾人口：這篇也犯了失黏，像第一首的「俄頃啟訊漫無邊」，「頃」是仄聲。我覺得放棄比較好。

陳文華：這篇作品我也不堅持要列入佳作，他有些地方不通。像第二首的「一分沉鬱是專精」的「一分沉鬱」，還有第四首的「一夕無章抒幾字」的「無章」就不是很了解他要表達的意思。

曾人口：「抒幾字」也犯下三仄了，「抒」其實是上聲。

楊維仁：這首有些句子不錯，但是有失黏，有些也不通順，所以或許要再考慮。

經過討論後，決議放棄〇三八〈彈指天涯共詩心〉與〇六二〈網路雜詩四首〉二篇。

三票作品討論

〇〇六〈條條網路自由行〉

曾人口：這篇韻律上我覺得沒問題，不過第三首「發憤幾忘歲月過」的「幾」是當平還是仄？

楊維仁：應該是當平，幾乎要忘。

楊維仁：第一首的「莫能甘」感覺有點湊韻，不過第三聯「超脫形骸遊物外，直追科技上雲端」，用「物外」這個傳統詞彙對現代最新的「雲端」科技，蠻有巧思，第二首中間兩聯的對仗也很不錯。不過第三首的「不放吟儔共切磋」有點怪，不太清楚他的意思。不過這四首包含了很多現代網路的東西，這一點我很欣賞。

陳文華：在這邊「不放」大概是指不讓吟儔離開吧。

陳文華：我也蠻欣賞第二首，很有味道，像是第一聯「莫問當前幻抑真，點來都是有緣人」還有結尾的「他時雞黍如相約，情更交融誼更親」。我覺得這篇作品文字順暢，內容也十分契合現代的網路現象，

○三六〈網路現象雜詠四首〉

曾人口：這篇作品第三首的第五句第七句有重「虛」字，最好是能改一下。其實我對網路不是很熟，但是我對這篇印象不錯。

楊維仁：雖然有重字，我覺得很有時事感，用古典的東西「漢壘秦關」來指涉現在的網路防火牆，很穩妥又有新意，對仗也對得很好，我認為這篇在全部的作品中可以列入前幾名。

陳文華：第四首非常好，用長城雙關歷史上的關口與現實上網路的封鎖，大量使用了用古典的意象，但內容十分新穎。

○四○〈電子信箱等四首〉

曾人口：第一首的第三句「巴山話雨尋常事」，是否是用巴山夜雨之典故？另外我覺得第一的「互問辛」有湊韻之嫌。

陳文華：是用巴山夜雨的典故。「互問辛」我也不太懂，大概是指辛苦吧，不過不能這樣子用。

陳文華：這篇第三首的首句「牟留刺激飫無聊」的「牟」是否是錯字？我懷疑是「眸」的筆誤。另外就是末句「餘脂凝腹亦豐腰」我不太懂他的意思。

楊維仁：就是說坐在電腦前太久了，肚子變大。

曾人口：這樣子說好像有點太直白了。

陳文華：不過第四首第三聯的「寒暄符號碼，惜別火星辭」很寫實。

曾人口：但第四首結尾的「休因以廢時」又陷入說教，沒有太多的餘韻。

○四三〈網路現象〉

曾人口：第二首的後四句「宰相難謀國，匹夫能弄兵。八荒多怪事，鬼魅不需驚」，我感覺沒什麼詩味。

陳文華：這個大概就是講網路遊戲，網路遊戲裡面有那種率兵打仗、攻城掠地的那種內容。不過這篇的第四首最後兩句我看不太懂他的意思。為什麼「總道壺中存日月，卻疑今夕是何年」。這跟雲端跟電視有什麼關係？

楊維仁：大概是指網路電視可以看到不同時代的節目，網路電視只要有檔案，網路上還找得到，即使是現在也能看到十幾年前的節目，同時也能看現在最新的節目，而且隨時都能看，他或許是指這個意思。不過他第一首第三聯「意亂」對「殷勤」，不是那麼工整，或許可以再修飾。

○四六〈網際網路〉

曾人口：第一首第五句「滾滾商機滑鼠下」犯了下三仄，我覺得有點可惜。

陳文華：其實古人有時也有下三仄但不救的例子，而且「滑鼠」是固定用法，也沒辦法改成其他詞彙。

楊維仁：或許可以加個註解說明一下。第一首的「須彌芥子神仙境」我覺得不錯，用「納須彌於芥子」的典故來說明網路可以儲存、傳送大量資料，頗有新意。還有像第三首第二聯「精神感召尋常客，資訊流通百萬家」的「尋常」對「百萬」，這是老杜的用法，他運用在這邊也很有意思。第三首結尾用博浪沙的典故來說明茉莉花革命的方式也很有新意。

陳文華：我也喜歡第三首，他的結尾很不錯。

○七二〈上網有感四首〉

楊維仁：第三首第二句「輕柔燕語令心迷」的「令」作「讓」解時，應為平聲，這樣就犯了下三平。

陳文華：這裡是有點爭議，例如宋之問的「但令歸有日」，「令」便作平聲讀。但沈佺期的「誰能將旗鼓」，一般來說，「將」作「率領」義，應讀平聲。

網海拾粹

但是如果此處讀平，那一句中就連用四平了。或許他是作仄聲用，形成「平平仄平仄」的句式。

曾人口：其實古人也有把「令」作「讓」解時讀仄聲的例子，我是覺得其實也還好。

楊維仁：第一首的「殺盡千軍不流血」用來說網路遊戲的虛擬我覺得很不錯。但是第二句「虛擬時空我獨王」，如果用「王天下」解時，是否要讀仄聲？

陳文華：我覺得第二首與第三首都不錯，詩的結尾也都很有韻味，只可惜聲調上有些瑕疵。

曾人口：通篇讀來我認為這位作者有一定的功力，但是都只用絕句還是有點薄弱。

討論〇四七〈網路〉是否列入第二輪投票名單

楊維仁：他沒有特別標示小題，但我覺得第一首應該是指網路學習，第二首是講網路的虛擬世界，第三首講網路言論，第四首講網路感情。我認為第一首對仗寬了一點，像「不識」對「包容」，「良家教」對「古辟雍」都有點寬。第二首的起頭不錯，「虛擬三千界，流觀宇宙圖」把整個網路世界拉得很開闊。第三首前二聯很漂亮，像「無復三緘口，爭舒九轉腸」

以古寫今很雋雅。但第六句「南國聚鴛鴦」我看不懂是什麼意思。

陳文華：可能是指色請網站或色情交友一類的，不過沒有解釋，有點讓人猜不到。或許加個注解會比較清楚。

曾人口：因為主辦單位沒有硬性規定要用哪一體裁，所以大部分作品不是用七律，就是雜用各體。這篇作品都用五律，在所有作品中就顯得頗為特殊。雖然我沒有投這篇，但是就作品而言，這篇我覺得很有趣味。

陳文華：這篇作品四首是使用聯章的方式書寫，十分具有結構，而且文字很老練，像第一首的「善待吾人問，回聲似撞鐘」用《禮記》的話，但說的是現代網路教學的事情，看得出作者有經營。而且它利用古典的詞彙來寫，但又不脫離現代的環境，這邊我覺得很不錯。如果兩位評審沒有其他意見的話，這篇也就一起列入第二輪投票中了。

第二輪投票

陳文華：按照剛剛討論的結果二票的作品都列入佳作，前三名則由〇〇六〈條條網路自由行〉、〇三六〈網路現象雜詠四首〉、〇四〇〈電子信箱等四首〉、〇四三〈網路現象〉、〇四六〈網際網路〉、〇四七〈網路〉、〇七二〈上網有感四首〉這七篇來進行投票決定。那麼請評審各自對七篇作品評分，第一名給予一分，第二名給予二分，依此類推，最後總結成績來決定名次。

〇〇六〈條條網路自由行〉：十四分（陳文華六分，曾人口四分，楊維仁四分）
〇三六〈網路現象雜詠四首〉：五分（陳文華一分，曾人口三分，楊維仁一分）
〇四〇〈電子信箱等四首〉：十八分（陳文華七分，曾人口六分，楊維仁五分）
〇四三〈網路現象〉：十五分（陳文華四分，曾人口五分，楊維仁六分）
〇四六〈網際網路〉：七分（陳文華三分，曾人口一分，楊維仁三分）
〇四七〈網路〉：六分（陳文華二分，曾人口二分，楊維仁二分）
〇七二〈上網有感四首〉：十九分（陳文華五分，曾人口七分，楊維仁七分）

經統計後，積分排列順序為〇三六〈網路現象雜詠四首〉、〇四七〈網路〉、〇四六〈網際網路〉、〇〇六〈條條網路自由行〉、〇四三〈網路現象〉、〇四〇〈電子信箱等四首〉、〇七二〈上網有感四首〉。再經過最後討論後，確定首獎為〇三六〈網路現象雜詠四首〉，第二名為〇四七〈網路〉，第三名為〇四六〈網際網路〉。佳作則依編號排列，分別為〇〇二〈網路揚風等四首〉、〇〇六〈條條網路自由行〉、〇一一〈網路雜詠〉、〇三一〈網路時代等四首〉、〇四〇〈電子信箱等四首〉、〇四三〈網路現象〉、〇五〇〈網路交友等四首〉、〇五二〈網路去來〉、〇七二〈上網有感四首〉。

網雅詩獎海外徵選作品

海外組評選感言

吳俊男（網路古典詩詞雅集版主）

雅集創自壬午，將入壬辰，俛仰之際，已歷十秋。放眼天下，試看時局嬗遞，且觀人事更迭，細察世情變化，莫不臨風而興嘆也。雅集幾經風雨而不凋，數歷霜雪以漸長，實屬不易！十乃大數也，值此良辰，能無欣乎？適逢此慶，余任評審一職，自是可喜之事，今且試陳管見，以見教於諸家。

本次徵詩投稿者雖寡，然詩作內容多元，亦頗為可觀。古典詩，舊體也；網路，新物也。以舊體寫新物，難度不可不謂之高矣！新詞入古典詩，易成俗句，稍不留意，便索然無味矣，新舊如何交融，可驗作者功力也。

「繞覽風光不在途，捎書如電更兼圖。」寫網路無遠弗屆、書信傳遞迅速之性；「臨屏點擊看枯榮，解密維基敢發聲。」字句鏗鏘有力；「世稱水手潮頭立，仰看帆揚百尺樓。」描摹網路灌水之狀，詼諧而不失典雅；「交感情何重，風騷宋玉牙。」寫出詩友網上唱和之情；〈網路．試從虛處以求玄〉四首巧妙結合老子思想與網路，頗為特殊；「切莫輕民意，遙知茉莉生」，寫茉莉革命，點出逆民意則亡，為政者宜以此為借鏡；「世界年年小，鄉情日日稠。」寫科技日新，雖能以網路聯繫，然思鄉情懷不減反增之弔詭；「營商驛旅走西東，脈絡乾坤渾世通。」寫網路四通八達，營商驛旅不受時地所限；「屏前偷菜已成風，一宴人間盡網蟲。」、「原本臨槽千里馬，時時卻念幾根蔥。」描寫臉書開心農場與其沈迷者，可謂維妙維肖；「觀寬頻錄像，賞博客鴻篇。」以新詞「寬頻」對「博客」，可見作者巧思；「消閒消費逐新奇，生活生涯至萬維。」寫網路包羅萬象，並與生活緊密結合，此聯對仗亦甚巧；「似幻似真君可悟，是空是色佛難詮。」寫網路真假難辨之性；「人前不敢三分話，網上何妨罵老天。」用詞雖稍俚俗，然摹寫人性可謂入木三分；「不尋好夢愛雲端，何懼屏前隻影寒。」以新詞「雲端」入句，不減詩味；「雖云新網路，終是舊名場。」對仗工穩，亦值得深味其意。

獲選作品

網路

琳瑤

繞覽風光不在途，捎書如電更兼圖。螢屏返照生生對，檔案因傳密密輸。
搜索無邊思謹慎，巡迴陌路總歡娛。欣然最是新知識，點綴浮生莫許枯。

網路四章

逸之

其一

熒屏網路是通衢，虛擬人生百態殊。笑汝利名真亦假，憐渠得失有還無。

其二

臨屏點擊看枯榮，解密維基敢發聲。最喜臉書容萬物，賢愚窮達各爭鳴。

其三

博客文章天下奇，微言大義感相知。千篇跟貼多良友，一字留言是我師。

網絡素描 一生無際

網戀君

得意情場夢有無，君披馬甲做馳驅。溫文襟抱燎原火，彪悍人生投暗珠。
七彩屏開羞孔雀，千重網織悵蜘蛛。輕顰淺笑心交處，信是春風入彀圖。

灌水君

網海蒼茫浪不休，憑君指點興悠悠。删繁一字千斤頂，加料三輪八兩油。
心事縱橫無日夜，人生鹹淡管春秋。世稱水手潮頭立，仰看帆揚百尺樓。

網路

周浩輝

萬維當雨化，千里覓芳華。詞發無雙譜，詩承第一家。
屏端方織錦，線上更雕花。交感情何重，風騷宋玉牙。

網路

翟家光

其一

試從虛處以求玄，眾妙門中必有專。六合自來還自去，屏間指下任周旋。

其二

道通天地本無形，化育能參緯與經。指點江山遊目下，茫茫行腳盡螢屏。

其三

是無為有有為無，地動天搖不誤途。最樂所思千萬里，屏前把酒對相呼。

其四

誰云此路不通車，重載山河更有餘。莫道眼前皆幻影，要知一切信非虛。

網海拾粹

網音

飛仙

塵寰瞬息變，網路即時更。切莫輕民意，遙知茉莉生。

網路鄉情

屏山觀大道，網海競龍舟。帖訴胸間志，盤敲指上愁。
環球連線越，一夢入波流。世界年年小，鄉情日日稠。

網路詩緣

莫問無繩與有繩。飆新網路世人稱。屏觀四海風雲動，鍵擊千章日月升。
萬國真情由此覓，三生厚誼或能徵。君看版塊沉吟帖，百代詩緣一脈承。

網路

金千里

營商驛旅走西東，脈絡乾坤渾世通。駿足何須千里疾，瞬間速遞敢稱雄。

網上農場　梨花帶雨

屏前偷菜已成風，一霎人間盡網蟲。可歎田園迷夙志，堪憐農事有愚翁。
稍沾網毒即成癮，慣育閑花莫論功。原本臨槽千里馬，時時卻念幾根蔥。

網路　一方

其一

網網微波路，瞬間消息傳。觀寬頻錄像，賞博客鴻篇。
多角交談暢，百科尋索全。憑機家裡坐，彈指地球連。

其二

消閒消費逐新奇，生活生涯至萬維。電子尋章跨媒體，雲端購物益銖錙。
文娛網上多元化，歌影屏前一指馳。日日憑虛御寰宇，登壇論道賞詩詞。

網路　亞中

其一

浩若汪洋集百川，古今中外匯屏前。紅塵不絕荒唐事，網絡猶存正義篇。
似幻似真君可悟，是空是色佛難詮。聲聲入耳聆風雨，一鍵悠然看大千。

其二

一鍵螢屏看大千，百般世態盡鮮妍。人前不敢三分話，網上何妨罵老天。

網路　李德儒

不尋好夢愛雲端，何懼屏前隻影寒。佳作且同良友賞，醜聞好向眾人彈。
萬方贊頌新科技，終日留連幻論壇。磐石河山常易主，只餘此地最平安。

網路　陳靄文

欲知天下事，幕影與屏光。可帖消愁句，能尋治苦方。
雖云新網路，終是舊名場。老去增今學，依貓寫幾行。

海外組評選記錄

本次海外徵詩乃特別為雅集海外詩友舉辦，入選之詩作將編入雅集十週年紀念詩集中，徵詩日期自九月二日至台北時間十月十五日（星期六）晚間二十三時止，共有十六人投稿，徵得稿件四十首，經三位評審討論後，計有二十二首作品入選。

評審會議於二〇一一年十二月十八日於臉書秘密社團中召開，會議前三位評審先各自選出入選作品（數量不限），再加以統計。投稿作品中〇〇九（相聚何妨上視頻）失對、〇三六（訊息縱橫路路通）出韻，故先予與刪除，其餘作品得票情況如下（作品皆加註首句以方便讀者閱讀）：

三票作品

〇〇五（繞覽風光不在途）、〇〇六（熒屏網路是通衢）、〇〇七（臨屏點擊看枯榮）、〇〇八（博客文章天下奇）、〇一五（是無為有有為無）、〇一六（誰云此路不通車）、〇一七（塵寰瞬息變）、〇二三（營商驛旅走西東）、〇二四（漫步環球跨地天）、〇三五（一鍵螢屏看大千）、〇三九（欲知天下事）。

二票作品

〇〇三（屏上訴幽衷）、〇一二（萬維當雨化）、〇一三（試從虛處以求玄）

○一九（屏山觀大道）、○二○（莫問無繩與有繩）、○二二（誰能匹敵比精明）、○二七（屏前偷菜已成風）、○三一（網網微波路）、○三二（消閒消費逐新奇）、○三三（光纖經緯路縱橫）、○三四（浩若汪洋集百川）、○三七（不尋好夢愛雲端）、○四○（記昔初從墨）。

一票作品

○一○（得意情場夢有無）、○一一（網海蒼茫浪不休）、○一四（道通天地本無形）、○一八（網路無情一剎穿）、○二一（虛玄秘道布千家）、○二六（清風送我菊齋前）、○二八（近年新物事）、○二九（傳言千里妙光纖）、○三八（虛幻天堂不設關）。

統計票數後，針對三票作品、二票作品、一票作品依序逐一討論，最後選出二十二首作品。

評審名單（因姓名筆畫相同，故以齒序排之）：
吳東晟（乾坤詩刊古典詩主編、成功大學中文系兼任講師）
吳俊男（網路古典詩詞雅集版主、桃園縣大忠國小教師）
李知灝（網路古典詩詞雅集版主、中正大學台文所助理教授）

歷年徵詩活動優勝詩作

詩薈徵詩

丁亥年夏季徵詩活動（雷雨）

詩題：雷雨
體裁：七絕
詩韻：上平八齊、下平七陽
左詞宗：張夢機先生（中央大學中文系教授）
右詞宗：黃鶴仁先生（《詩訊》電子報主編）

左詞宗總評：

一、詩題「雷雨」，內容應有「雷」有「雨」，部份作品只寫金蛇閃電，有電無雷或者有電無雨，都不切題。

二、詩題「雷雨」，內容應以「雨中」為主，有些作者所寫內容應屬「雨後」，並不切題。

右詞宗總評：

題稱〈雷雨〉，諸作俱有特色，或推其意成憂災，或推其意為望晴，詩中聯想本無不可，然稍離題。能點出「雷」與「雨」，不防借景言志，則憂災、待晴，皆言志之一端。其次，生新與流美，各有所長，然詩為心聲，文氣仍以溫婉為優。

就中再論詩意，匠心巧思，自然增色。

細論之，韻腳不穩者，遞往後推。然非韻腳之詞，原可任作者取裁，再有不穩之詞，斯以為下。遂以此為衡量工拙之端。

左元：一方

烏龍乍湧壓天低，風嘯雷轟電閃迷。陣陣敲窗飛急箭，惟期土石顧群黎。

左詞宗評：結句深入「民胞物與」一層，此係其他諸作所未有，此等胸懷合署第一。

右元：掬風臥雲

霹靂蒼雷天地劈，甘霖盡澍潤田畦。江山添翠涼如許，大好吟懷樂品題。

右詞宗評：一種樂觀，同坡公之喜雨。

左眼右十九：顧曲

連日驚雷挾雨狂，山洪恃勢更囂張。怕聞故里江河決，漠漠桑田變海洋。

左詞宗評：結句倒用「滄海桑田」典故，用意甚巧。

右眼左十三：子衡

轟隆裂地震穹蒼。萬里烏雲挾雨狂。默坐簷前猶靜賞，炎天偶領一絲涼。

左花右五：逸之

涼生雨腳濕雲低，驅暑雷車過野畦。檻曲一莖青萼小，為誰含淚水亭西。

左詞宗評：全首頗有詩意，得絕句之輕倩流便，而末句甚雅。

右詞宗評：結句佳，神似先師李漁叔先生「桐江細領一絲風」。

右詞宗評：賞雨納涼，無限浪漫。

右花：翟家光

霹靂聲威振上蒼。翻天決漢若為狂。莫非塵世多污濁，要把環球洗一場。

右詞宗評：末句「環球」語狂，不如「塵寰」意為全，然託於想像，氣勢一貫，亦自可喜。

左四右四：天之驕女

滂沱挾電太張狂，直似千駒過戰場。踐草欺花時有見，不聞霹靂擊強梁。

左詞宗評：次句以喻雷雨，意思不錯。轉結兩句純用想像，用意甚佳。

右詞宗評：「擊」作「殛」為正，立意有勝趣。

左五：螽柏

鑿域開天動鼓鼙，巴山剔焰賦閑題。聞窗一夜芭蕉韻，入夢清淙可滿溪。

左六右十六：子樂

午後烏雲籠畫堂，飛來驟雨勢洶狂。莫非神將乘龍至？天鼓頻催響八方。

右六左九：維仁

才烘暑熱怨驕陽。暴雨奔雷驟激昂。遽變天心如世態，每教俗士嘆炎涼。

左七：亞中

亂雲覆壓小樓低，林寂風凝鳥不啼。忽竄金蛇聲動地，一帘飛瀑滿淒迷。

右七：風清骨峻

殘陽西墜漸離迷。傍岸舟橫紫燕低。霹靂一聲天幕裂，萬千靈雨壓蘇堤。

左八：五湖散人

烏龍吐墨橫蒼野，雷母雷公兩躁狂。天瀉銀針勢如鏃，水翻白浪色猶霜。

右八：黃仁蚪

急雨雷鳴野色淒。花容失色鳥驚啼。霎時紅日天邊現，流翠青山掛彩霓。

右九左十八：噑月者

簾間霹靂閃雷光。夜雨敲簷入夢長。安待聲除霾霧去，荷池明日見朝陽。

左十：南海布衣

驚雷一夜抵衡湘，幾挾山風陣陣涼。閑坐書齋宜品茗，青燈疏雨讀公羊。

左詞宗評：末句「疏雨」與雷雨不切，但全首頗有詩意，因此置於第十。

右十左十四：噑月者

危樓悵望雨淒迷。又見天雷怒在西。知否羈人愁幾許，眉端不覺更偏低。

左十一右十三：維仁

豔陽失色密雲低，驟雨滂沱視野迷。時有雷霆揮暴怒，劈天威勢懾群黎。

右十一：亞中

亂雲覆壓小樓低。林寂風凝鳥不啼。忽竄金蛇聲動地，一帘飛瀑滿淒迷。

左十二：子樂

磅硠雷震數聲低，雨打南阡欲濺泥，耕稼賦歸如沐浴，此中快意倩誰題？

右十二：子衡

雷聲殷殷黑雲低。驟雨滂沱萬景迷。坐待天晴雲散後，斜陽帶醉照虹霓。

右十四：梅影

九天驚破百仙啼。雲捲霞光掣眼低。萬斛珍珠危線斷，拾無完粒濟窮黎。

左十五：黃仁糾

雷閃雷鳴雨勢狂，炎威滌盡似秋涼。遠山含笑驕花淚，一樣時空兩樣妝。

右十五：梨花帶雨

陣陣輕雷上柳堤。珍珠散落草淒迷。風中一例輕紅舞，惆悵應隨花滿溪。

左十六：老驥

昨夜庭前雨打泥，小樓對酌貴妃雞。一聲霹靂銀蛇舞，嚇壞花容綰角妻。

左十七右二十：天涯孤燕

天高水闊火輪低，半餉風雲聚嶺西。地動山搖霹雷怒，瓢掀驟雨沒花畦。

右詞宗評：詞意在第七，「餉」字當是「晌」字誤，故殿後。

右十七、左十九：古渡

翻墨亂雲危若岫，排空夾電壓簷低。心驚霹靂乾坤動，箭鏃飛飆巷陌迷。

右十八：任風塵

沉風怒壓紫金狂。百里方圓暴箭猖。霹靂徐來天欲塌，銀蛇竄亂舞驚惶。

左二十：錦瑟

深宵擊鼓北城西，滴瀝參差向壁題。徹響田園奏鳴曲，已然不羨武陵溪。

雅集六週年徵詩活動（西遊記人物）

詩題：於西遊記中自擇書內人物之一歌詠。
詩體與限韻：七言律詩。限上平四支韻或下平七陽韻。
左詞宗：張夢機先生（中央大學中文系教授）
右詞宗：徐國能先生（台灣師範大學國文系助理教授）

左元：孫行者　掬風臥雲

齊天大聖出身奇，巧智超凡格不卑。筋斗雲馳酬壯志，金箍棒舞展雄姿。
妖氛蕩滌綱常振，佛法弘揚世道維。莫笑猴心難定性，終修正果盛名垂。

右元：蜘蛛精　香港人

得道長生不老方，精妖聞說已癡狂。涓埃洗卻浮華在，蜜劍修成便腹藏。
法幻蘭亭欺俗眼，絲盤古洞待餚香。縱然編得遮天網，難避恢恢棒下亡。

右詞宗評語：取材新穎，譴詞雅妙，句中深有寄托。

左眼右五：唐三藏　翟家光

大話西遊世有疑，雖云虛構亦神奇。看他群魅之爭奪，陷彼唐僧以險危。
真諦竟為魔鬼弄，金箍偏向美猴施。身臨八十餘諸難，一切全銷合十時。

右詞宗評語：魔鬼－美猴略有不偶，結佳。

右眼左五：金角大王銀角大王　維仁

老君座下染靈光，凡界搖身作霸王。吆喚諸神供役使，統臨群醜逞鋒芒。
姦邪恣肆終無咎，報應循環竟不彰。莫嘆人間倚豪勢，仙家也自有炎涼。

右詞宗評語：形容生動，結句尤有深意。

左花：豬悟能　亞中

元帥風流不守規，高莊稱婿結齊眉。靈山杳杳心魔重，西路遙遙佛念疑。
好色自私常狡黠，率真憨直豈獃癡。七情六慾浮生譜，且往悟能身上窺。

右花左八：豬八戒　拾荒樵夫

誡律於心許自持，塵緣未了陷情痴。豬形醜體還原性，佛意禪因問本誰？
再落人間求省悟，重回世界醒相思。西遊記事談真假，解破玄機不用疑！

右詞宗評語：立論宏肆，引人幽思。

左四：孫行者　掬風臥雲

行者機靈勇莫當，藝高膽大氣軒昂。雲呼筋斗威風凜，棒舞金箍壯志彰。
仗義持忠弘佛理，除妖斷怪振綱常。猴心亦有匡時志，護法奇功四海揚。

右四：豬八戒　翟善強

庸人庸福事多宜，犯罪仍蒙菩薩慈。幸遇罕緣為釋子，幾教讒語誤恩師。
盤絲洞把群姝戲，稀柿衕將積矢推。老大猴頭天早定，一般成道樂跟隨。

右詞宗評語：闡發完整，恪盡題目之意，不黏不脫。

左六：豬悟能　顧曲

風流自詡竟成癡，遊戲人間總不羈。色字當前涎欲滴，貪心之下性難移。
盤絲洞裡群妖舞，高佬莊中綺夢馳。天譴狂徒須八戒，情為何物幾人知。

右六：孫悟空　亞中

大鬧天宮何所懼，一身正氣美猴王。護僧百劫心無悔，皈佛千艱志未忘。
火眼金睛誅白骨，神威驍勇伏魔倀。紅塵慨嘆妖難盡，漫道人生應自強。

右詞宗評語：結推開說。

左七：孫悟空　顧曲

千鈞棒舉勇而剛，心自通靈性自狂。火眼金睛分善惡，銅皮鐵骨傲風霜。
扶危仗義忠肝照，濟世除魔熱血揚。一掃陰霾光日月，古今敬重美猴王。

右七：齊天大聖　杰

逸史初開見不羈，半為行者半違之。逍遙法道通仙界，點破枯榮在霎時。
西去危關呼大聖，從來劣性向尊師。此間若有回天力，作客如來亦一奇。

右詞宗評語：此篇領聯對偶略有不工。

右八：孫悟空　飛仙

橫空出世分靈石，獨佔清幽作大王。翻舞金箍天界亂，塗銷玉冊地庭帳。
緣歸祖佛頑心斂，身護唐僧俠性揚。邪正全憑人一念，真經在此莫彷徨。

戊子年春季徵詩活動（煙火）

詩題：煙火
詩體與限韻：五言律詩。限上平聲十四寒韻或下平聲十一尤韻。
左詞宗：張國裕先生（天籟吟社社長）
右詞宗：林嵩山先生（花蓮教育大學民間文學所教授）

左元：翟家光

衝破重霄上，悠然散不休。紛如星閃爍，落若雨零稠。
七彩繽紛麗，千嬌灑脫游。歡呼聲和應，紫氣漫空浮。

右元左五：長梧子

誰將清夜鬧？春意極天寬。豔鬥銀河影，輝分白玉盤。
輕煙浮邃昧，迅火就高寒。莫怨韶光薄，榮華豈一般。

左眼右十三：詠櫻

石火九霄摶，沖天化彩團。繽紛花雨樹，絢爛水晶冠。
蝃蝀分銀漢，螢蟲散錦盤。心疑媧女綴，繡作畫圖看。

右眼左六：倔巴樵夫

吟入無窮夜，誰人與唱酬。一身燃欲盡，五彩繪難周。
月閉為孤客，花開瞰小樓。生來多變滅，不寫四時愁。

左花：吳銓高

忘我沖天箭，登高不畏寒。聲隆超炮仗；態美若虬蟠。
光彩眩然耀；身軀迅即殘。生平無大志，願聚眾同歡。

右花：香港人

幻影頻翻弄，昇平綴夜寒。幽深銀漢下，閃爍百花冠。
形散隨風落，聲蜚過耳殘。浮華餘幾許，待入夢魂看。

左四：顧曲

飄疾隆隆響，衝開碧落寒。悠然飛彩鍊，灑脫吐金團。
花散天仙錦，星流雲漢瀾。曲終人不散，沉醉欲還看。

右四：掬風臥雲

笙歌城不夜，七彩蔚奇觀。火樹盈空燦，銀花簇錦團。
人和天有兆，國泰世無瀾。海嶠欣同慶，昇平歲月安。

右五左十四：逸之

焰烈能催煖，煙輕敢破寒。金蓮生月下，銀粟瀉雲端。
聲靜人初散，更深興未闌。燃身成一燦，此命正堪歎。

右六左十：拾荒樵夫

有夢逐仙遊，凌空照景幽。雲圖揮火樹，月夜灑金球。
煥彩隨能滅，迷情永不休。發光雖短暫，一耀解千愁。

左七：翟善強

故鄉煙火夜，人海湧江頭。有景謹同望，無家靜可留。
長星報元旦，彩霞鬧中秋。異國情懷減，況添為客愁。

右七：心如雪

蒼穹誰作畫?揮灑翠流丹。點石成銀漢，分珠碎玉盤。
千光裁夜錦，多貌到更闌。妙筆輝煌吐，傾城共醉看。

左八：林剛合

震懾臨場感，萬頭驚壯觀。憑空花錦簇，爆彩樹闌干。
夜與人聲寂，風和硝味殘。繁華有時盡，喟此復盤桓。

右八：倔巴樵夫

飛花忽一散，迢遞認斑斕。列陣流天幕，生姿亂夜寒。
城中燈火和，巷角侶朋看。與踐良時約，相喧到漏殘。

左九右九：梨花帶雨

素有淩雲志，付之星火酬。情隨花散落，心共月輕柔。
接漢流星雨，依樓展錦裘。人間多少夢，但在一回眸。

右十：心如雪

凌空志不休，御火上雲頭。化玉輝吞月，翻虹彩奪眸。
迷心癡且醉，鬧夜媚還幽。過隙紅塵客，生涯類浪漚。

左十一：亞中

冉冉復悠悠，綿延百度秋。神靈非廟大，地沃衍人稠。
希望凝香燭，虔誠問戚休。終年煙火盛，幾許遂心求。

右十一：拾荒樵夫

黑夜聲雷動，凌空祭火團。飛花翩自舞；燦影解千歡。
寂寞浮仙夢，多情散彩盤。喧嘩人遠去，心繫在雲端。

左十二：飛仙

新春煙火綻，當慶歲時悠。離地焰龍烈，鈷天彩樹柔。
五光花帶怯，七色鳳含羞。此夜千塵醉，今年萬福酬。

右十二：亞中

飛躍重霄九，聲聲破寂寒。金花凝月下，火樹掛雲端。
瞬息光華烈，移時艷色殘。煙消人散處，無語獨憑欄。

左十三：萩荻

千花藏玉管，萬色鎖金丸。初始妖邪避，昇平節慶歡。
凌風明夜幕，幻夢舞雲端。飛向蒼天訴，人間遠苦寒。

右十四：千里金

銀花散月寒，爛熳壯天寬。璀璨涵星黯，繽紛破夜闌。
頑童揮手笑，愛侶擁懷歡。拔地穿雲綻，飛龍萬眾嘆。

左十五右十五：長梧子

素有凌雲志，勢能沖斗牛。燃開花月夜，劃破古今愁。
隱隱沉雷響，忽忽彩木抽。奮身成一爍，當世復何求。

戊子年夏季網聚即席詩作（賦賀風雲詞長求婚成功）

戊子年八月二十四日，雅集齊聚板橋逸馨園舉辦半年一度聚會，會中風雲詞長高歌數首後，以九十九朵玫瑰向其女友掬心求婚，並當場獲得美人芳心，在場詩友即席賦賀此一盛會。

詩題：即席賦賀風雲詞長求婚成功
詩韻：七陽、四支任擇一韻

莫月娥

兩心相悅入情場，挹注花飄九九香。不羨神仙成眷屬，教人欣羨是鴛鴦。

夜風樓主

相隨幾載羨鴛鴦，巧指輕弦唱曲長。九九鮮花明我意，為臣不二侍明妝。

子惟

掬得芳心滿素心，吉他清韻代瑤琴。三生三載相思約，似酒濃情碧海深。

璐西

相知相惜愛苗滋，三載柔情有所期。今日良辰多快意，高歌抱得掬心時。

玩藝兒

真情曲曲鳳求凰，執手欣看願得償。信是三生緣早定，共期讌賀醉千觴。

天之驕女

秋來底事勸傾觴，風抱雲歸情最長。句裡游移問何字，一雙飛過是鴛鴦。

抱衾

輾轉三秋寤寐思，而今琴瑟乃求之。佳人才子自全美，忍把難題欺小兒！

詠纓

風雲一曲鳳求凰，網路鷗朋證意長。共掬心緣佳眷屬，憑添雅集探詩章。

儒儒

其一

今朝有慶賦新詩，喜證雙飛連理枝。雲已有心返幽谷，當如陶令去來辭。

其二

今日吳君逑淑女，芳花高曲對卿卿。願如箋紙蓮心素，不染汙痕情永貞。

李微謙

其一

謀略兼人竟未知，成名一戰在斯時。祝君如意前程好，大道從今爾任馳。

其二

君賦佳人我賦詩，筵前諸位競華辭。功名富貴何須羨，輕重當時早自知。

其三

滌心數載意堪平，不料筵前做鳳鳴。琴瑟錚錚皆雅意，風雲意態更新興。

其四

由來好事喜成雙，一語驚人夙願償。戒指鮮花欣有主，風雲堪可恣輕狂。

其五

關雎成對喜聯翩，一曲筵前羨少年。才子佳人欣共見，從今執手締良緣。

一善

其一

誰讓雲兒思眷時?良緣掬得美勝詩。鵬程從此同攜手,白首相扶情更痴。

其二

掬心愜意共銀光,何慮金風吹被涼?房事如今添一筆,能題詩賦畫眉長。

故紙堆中人

攜手相將夜未央,詩絃彩筆繡鴛鴦。人間自是情恆在,不向天孫乞短長。

拾荒樵夫

逸馨佳會許相隨,百世同心日月持。妙韻琴聲涵得意,才人喜慶問何期?

和亭

掬藏詞韻曲飛揚,心有佳人鳳配凰。風欲畫眉集巧意,雲香滿室眾歸望。

子衡

一片真心裁入詩,清歌妙曲唱成癡。喜看昔日多情子,緣締良辰雅會時。

戊子年夏季徵詩活動（七夕）

詩題：七夕，七言絕句。
限上平七虞、下平七陽，詩中不可出現「七」、「夕」二字。
左詞宗：張夢機先生（中央大學中文系教授）
右詞宗：傅武光先生（台灣師範大學國文系教授）

左詞宗總評：

七夕故事從詩經、古詩十九首以來，唐、宋、元、明、清各朝代皆有詩人以此題材作詩，然內容多屬「聚少離多」為主題，惟宋朝秦觀「金風玉露一相逢，便勝卻人間無數」「兩情若是久長時，又豈在朝朝暮暮」能夠翻案而成千古佳句。七夕之作，歷來吟詠已多，是以今人作七夕詩，當以避開古人「會少離多」之老套為宜。本次徵詩所選前五名，皆能跳脫窠臼，如第一名之作品「不羨女牛天上會，人間我亦勝鴛鴦」不但能夠避開「會少離多」的老路，而且能夠正面積極，故取為第一。又例如第三名「長生殿願枝連理，一遇干戈便別圖」也能不落俗套，寫牛郎織女雖然每年僅僅會面一次，卻勝過唐玄宗和楊貴妃的愛情經不起外在的考驗。又例如第五名的作品，他除了能脫離「會少離多」的窠臼外，也能結合現代的生活時事，將現代高離婚率的情形入詩，但這畢竟較為負面，不如第一名的作品有正面意義。至於以「會少離多」為主題之作品，其較佳者則多置於十名以後。

左元右眼：風雲

潺潺一水白如霜，初起金風吹夜涼。不羡女牛天上會，人間我亦勝鴛鴦。

右元左五：葉彤

一任天河水不枯，年年鵲渡總無渝。如何人世鴛鴦侶，轉眼分攜各異途。

左眼：古渡

一年一度雙星會，總勝人間月伴孤。海角天涯遙久別，今宵能不羡黃姑。

左花：翟善強

牛女全年僅此俱，情堅何用誓盟拘。長生殿願枝連理，一遇干戈便別圖。

右花左六：南然

年年碧漢鵲橋鋪，愛意千秋尚弗渝。時下新潮輕聚散，盟書一紙有如無。

左四：葉彤

銀河淼淼鵲橋長，仙侶佳期夜未央。寄語天孫收淚雨，廣寒宮裡久離腸。

右四：心如雪

銀河玉侶共蟾光，遙望彌年夢願償。自古惱人情一字，仙凡俱是費思量。

右五：長梧子

絳河織女會牛郎，遠上星橋各一方。恰似重開陳醁品，今宵醉比去年長。

右六：露兮

銀河璀璨卻淒涼，怎嘆佳人繫兩方。喜鵲情牽癡未了，獨思苦恨斷愁腸。

左七：掬風臥雲

橋填鵲羽越天衢，乞巧穿針韻事俱。最羨銀河牛女會，迢迢海角客尤孤。

右七左十二：掬風臥雲

別恨經秋欲斷腸，雙星聚首訴情長。天河韻事傳千古，雅士何妨賦一章。

左八右十四：亞中

線斷梭停心未覺，幾回探首厭斜陽。一年盼得相逢夜，好藉星光細看郎。

右八：浪子書心

一種相思兩斷腸，廢耕忘織悔荒唐。秋眸對泣梧桐雨，鵲羽星橋有鳳凰。

左九右十五：翟善強

星耀新秋月半光，供陳瓜果設椒漿。群娃不乞天孫巧，卻禱金風護桂香。

右九：非文

星滿銀河漏夜長，玉盤鵲載泛秋光。此時天上能相見，未許人間獨舉觴。

左十：晏齋

銀河寬廣水泱泱，情意堅貞乏渡航。天助鵲橋年一聚，謳歌織女會牛郎。

右十左二十：紀塵

一隔經年苦命途，天河遙望幾相呼。縱多離恨何曾悔，情繫鵲橋終不渝。

左十一：雷壇

精誠所至不尋常，鵲駕銀河撰典章。緣繫今宵情永在，相思苦是一年長。

右十一左十四：南海布衣

鵲橋今夜渡雲衢，天上人間情亦趨。悄問去年分別後，深宵寂寞憶郎無。

右十二左十五：南海布衣

初涼流火幾分光，織女銀河會愛郎。只恐明朝離別後，望穿秋水恨茫茫。

左十三：千里金

光年遠隔恨天長，月障雲遮愛未忘。佳節星河橋上約，喁喁細語訴衷腸。

右十三左十九：陳靄文

不負年年歲月孤，自甘朝暮作情奴。銀河此夜星依舊，載得牽牛織女無？

左十六右十七：陳靄文

都是詩家翰墨光，神仙獨愛小牛郎。人間幾許多情病，盡借今宵說短長。

右十六：嗥月者

鵲橋情路苦鴛鴦，一載天期無限長。聚見今宵還聚散，月提殘火映淒涼。

左十七：古董

銀河織女會牛郎，午夜星辰爍亮光。對解相思無盡處，真情摯愛永流芳。

左十八：逸之

天高雲淡女星孤，玉露金風又聚烏。不信長河能隔恨，年年得會鵲橋無。

右十八：長梧子

早秋半月出東隅，默對星雙倩影孤。休問天河明滅裏，女牛可渡鵲橋無？

右十九：任風塵

夜色天階似水涼，佇宵遙目漢雲光。年年此約堪何奈，早已相思斷盡腸！

右二十：千里金

寂寞淒清夜夢孤，相思乏力倩誰扶。無情歲月天河隔，聚少離多望眼枯。

戊子年秋季徵詩活動（圖書館）

詩題：圖書館
詩體與限韻：七言律詩。限上平聲七虞韻或下平聲一先韻。
左詞宗：潘麗珠女史（臺灣師範大學中文系教授）
右詞宗：吳榮富先生（成功大學中文系助理教授）

右詞宗擬作

一入瑯嬛百庫殊，牙籤玉軸貴珊瑚。身投書海嗟無際，心抱南針欣有圖。
汗簡頻抽滋大器，韋篇數絕凜鴻儒。從來東壁芸香透，日待群賢剖巨珠。

左元右八：千里金

經史琳琅粲若珠，新潮古典道禪儒。書山至寶由君索，智海菁華取爾需。
遣興紓懷能解寂，勤攻靜讀可忘孤。韶光瞬逝憐春短，莫待花殘怨運殊。

左詞宗評：詩句老成、對句警豁，「韶光瞬逝」三「ㄕ」音略拗口。
右詞宗評：文從句順，知是老手，尾聯微有寄託。

右元左花：逸之

坐擁群書樂一隅，九經六藝任馳驅。芸編壓架應憐蠹，縹帙充庭只畏蛛。檢索言詮分亥豕，探求道理辨璣珠。玉人金屋知何在，試問蟲魚得見無。

左詞宗評：文詞有氣勢，對句頗見經營，尾聯稍從俗

右詞宗評：此篇深得雅致，雖以學問為詩，然「玉人金屋知何在，試問蟲魚得見無？」問得巧妙而不呆板，若把「蟲魚」改成「銀魚」尤佳。

左眼右花：練習生

皓首方知千卷富，詞窮擲筆歎空無。求聞急覽開緗帙，假館潛窺仰聖儒。典籍盈庭通二酉，經書滿架蓄三都。從今學海優遊去，不為功名乃自娛。

左詞宗評：末聯可見胸襟，將圖書館之用發揮極好。「從今」如改為「一心」更佳。

右眼左六：亞中

圖文典藉浩如煙，室雅書香別樣妍。諸子百家陪左右，詩人墨客伴跟前。繁花堪採為蜂蝶，滴水涓流化湧泉。靜座細研天下著，他朝捧讀是君篇。

左詞宗評：以「浩如煙」形容圖書不穩適，「著」改為「冊」字更佳

右詞宗評：文彩翩翩，末了以「他朝捧讀是君篇」寄意尤為不凡，允推為佳作。

左四右九：南然

遺興偏從翰墨娛，求真未敢惰三餘。琳瑯經史珍如玉，錦繡圖文燦若珠。
四座專心聞道也，一書在手竟忘乎。從今免却囊螢苦，安坐能知世界殊。

左詞宗評：第三聯對句有奇趣，「殊」字改為「書」更扣題

右四：吳銓高

充棟汗牛藏萬千，來賓靜坐禁聊天。古今刊物盈框架，遠近居民謁智賢。
究典窮經多用腦，借書觀報不需錢。無涯學海舟停處，此館能將薪火傳。

右詞宗評：此君不愧為圖書館常客，且格律嫻熟，唯惜少含蓄之美。

左五右六：顧曲

文墨飄香夢寐牽，真知欲訪步催前。豐饒寶庫藏佳什，雅靜華堂覓洞天。
學海無涯不甘後，書山有路競爭先。舊章新句勤攻讀，半是恆心半是緣。

左詞宗評：「寶庫藏佳什、華堂覓洞天」扣題好，末句雖顯真情卻使氣勢鬆懈

右詞宗評：寫出讀書人風味，可喜也。

右五：翟善強

圖書館在大樓隅，俯瞰江流近市區。空氣常新光悅目；算機妥列冊盈櫥。
興衰史事紛如霰；愛戀詩篇熱勝爐。萬里山川詳紙上，英雄不必問前途。

右詞宗評：能用新語寫新事，自是作手。若能更進意新而語古，將更上層樓。

左七右十：四年級

絕非營利重金錢，反是修身悟大千。有志騷人長進駐，無心過客短留連。
影音喧鬧何曾有？文史薰陶已久傳。翰苑門風令意醉，樂而忘返不新鮮。

左詞宗評：首句略俗，「令」字改為「長」字、「不」字改為「自」字意更佳
右詞宗評：能直敘圖書館特色，然一瀉無餘。

右七：翟家光

汗牛充棟斷殘編，幾個能承世代傳。富貴人家藏以篋，貧窮子弟閱無篇。
從來非借都難讀，隨檢而行更有緣。不盡書香飄逸處，琳瑯滿目好流連。

右詞宗評：此君能體會貧富讀書之差異，藉以展現圖書館存在之必要，洵得溫柔敦厚之旨。

左八：南海布衣

池館扶疏倚柳湖，清幽曲徑通寰區。五經珍秘書千卷，六藝琳琅冊滿廚。
貞石吉金商鼎銘，晉碑唐畫輞川圖。欲知學海深如許，浩瀚惟勤祇一途。

左詞宗評：題意緊扣，「如」字改為「何」字、「祇一途」改為「有坦途」更見開闊。

左九：香港人

偶入蓬萊勝境乎，煙塵隔絕鬧喧無。未攜千萬充囊袋，也可瀛寰獵市都。
能聽能看能幻想，許經許政許文娛。管他海嘯吞金石，借得恬閒樂不枯。

左詞宗評：前四句與後四句風格略不相屬，「獵市都」語硬。

左十：心如雪

堆金字字就良篇，架上琳瑯小洞天。解道臨門皆看客，低頭飽腹不須錢。
包羅中外知今古，更迭江山記後先。未必浮生行萬里，神遊緗帙亦陶然。

左詞宗評：「小」字改為「有」字、「低頭」改為「展眉」更見氣象，「看客」一詞不穩適。

雅集七週年徵詩活動（照相機）

詩題：照相機，七言絕句。平聲三十韻任選。
左詞宗：張夢機先生（中央大學中文系教授）
右詞宗：劉榮生先生（前新生報新生詩苑主編）

左詞宗張夢機教授總評：

限題的徵詩比賽，內容應該扣準題目，所以作者應該體認本次徵詩的題目是「照相機」，而非「照相」。大抵而言，前兩句可就照相機本身來寫，後兩句則可進一步發揮。但是只寫「照相」的作品之中，特別有味道者，也在可取之列。

右詞宗劉榮生老師總評：

詠物詩有如繪畫，不能太像，又不能不像。所謂不沾不脫，即不能執著於所詠之物，又要切合於所詠之物的「神似」。既不可犯題，更不可涉題外話，且有寓意，才是上乘之作。

本次詩主題為〈照相機〉，應說明照相機之結構形式有點及功能（攝影）。如僅對功能（攝影）方面著墨，即失其主題重心。大凡一般詩人，能面面兼顧者佳，如有寓意更好。

網海拾粹

綜觀此次五十六首詩中，佳作甚多，清新俊逸，使我看得眼花撩亂，難以取捨，自有遺珠之憾！但仍有極少數作品，未能把握主題，遣詞造語不夠精準，而有寓意者更少。這有賴平時之修鍊，多讀、多寫、多觀摩體會。所謂「世事洞明皆學問，人情練達即文章」。能朝此方向努力，則日積月累，定能精進！

評詩不容易，這關係到評審者之詩學識見、生活經驗（包括世事之洞明，人情之練達），以及當時精神體力狀況等。凡是懂得詩文的朋友，都會了解此一道理。

右詞宗劉榮生先生擬作：

玲瓏小體逐時新，一閃金光萬象陳。聞道黑箱多詭異，箱中顯影但清真。

註：三句諷黑箱作業多弊，四句反其說。

左元右元：古董

塑體玲瓏內外層，快門輕帶閃光燈。乾坤萬象全搜攝，洗影留真紀永恆。

右詞宗評語：沉穩，清新，勻整，錙銖細稱。

左眼：心如雪

留蹤攬勝記生涯，點滴曾經自可誇。抓住青春顏不老，何需求藥向仙家。

右眼左十一：風雲

眨眼能將萬物收，寫真形象世無儔。人間美景須臾逝，勞爾多情為我留。

右詞宗評語：稱功頌能，兼敘感篆，有擬人之筆法。

左花右五：掬風臥雲

拍攝神功嘆絕奇，收羅萬象賞心怡。人間寫照饒情趣，一豁吟懷樂賦詩。

右詞宗評語：觀舊照，饒情趣，暢懷，賦詩，確屬雅事。

右花：喙月者

鏡裡乾坤本事強，快門焦距好裝璜，儷人留影芙蓉閣，照出詩情畫一張。

右詞宗評語：起承輕快，轉結清幽雅緻。

左四右四：維仁

彈指輕靈扣快門，但憑方寸貯溫存。乍收此刻歡愉意，留予他年憶夢痕。

右詞宗評語：風韻自然，結有餘味。「歡娛意」，宜為「歡愉景」。

左五右十五：一方

玲瓏方盒納山川，像素和光記大千，體物載情裁遠近，回看彩照勝言傳。

右詞宗評語：敘事明確。結有「事實勝過雄辯」之感。

左六右八：練習生

對焦取景欲留痕，調整光圈按快門；捕捉瞬間凝歲月，當年風采示兒孫。

右詞宗評語：前人風采，留與子孫觀賞，頗有意義。

右六左十五：玲玲

萬象隨機映大千，瞬間光影攝姿妍，年華雖逝青春在，惜取寫真留史篇。

右詞宗評語：寫真、駐景、留史，為相機之最大功能。

左七：天之驕女

身單體薄真如紙，繪海勾山為底忙？留得大千今日貌，傳將後世證滄桑。

右七：亞中

歲月匆匆去不休，當今科技為人謀。青春永葆何須藥，一按快門風采留。

右詞宗評語：按快門，留風采，結始點出題意，詩法出新。

左八：練習生

拍山拍水拍春秋，定格風華入鏡頭；輕按快門成畫面，瞬間捕捉永恆留。

左九右十：木甫

須知此物最風流，隨我逍遙作遠遊。四海風光收眼底，萬家憂樂記心頭。

右詞宗評語：有「象」風光可收眼底，無「形」憂樂難記心頭。

右九：露兮

玲瓏妙趣掌中搜，快閃螢窗鏡入眸。萬象千姿嬌百態，狂抓燦爛永恆留。

右詞宗評語：「狂抓」句，語雖尖新，然究嫌俗。

左十：翟善強

膠捲鏡頭輕巧裝，隨宜按鈕攝風光。一從照相流行後，萬物真形無處藏。

右十一：冬夜

人工妙目攝精魂，剎那青春照永存。錦繡河山時記取，悲歡離合待重溫。

右詞宗評語：「錦繡河山」、「悲歡離合」二語固佳，惟嫌滑熟。

左十二：晏齋

方盒納收千萬象，瞬間存取不凋花，摹形繪影誰堪任，照片長留後世誇。

右十二：吳東晟

攝影存形倚器精，何勞意匠久經營。卻將白眼看曹霸，榻上真龍應手生。

右詞宗評語：攝影之「形似」，與繪畫之「神似」，不可同日而語。

左十三：楚蟫

視窗取景現繽紛，遠近陰晴鏡里分。休說前塵無落處，長留瞬霎有勞君。

右十三：敏翔

此機嚴禁攝熊貓，地震驚魂未盡消。擁抱團圓真可愛，光芒一閃暗藏嬌。

右詞宗評語：此為寫實之作。偷拍緣於團圓二嬌惹人喜愛。

左十四：璐西

巧造機靈喜怒隨，分明具眼證當時。更留千古浮沉事，相裏藏情處處詩。

右十四：李德儒

往事可須夢裏尋，憑吾記憶意還深。莫言青史難留住，鏡裏乾坤盡古今。

右詞宗評語：首句「可須」孤平，似為「何須」之筆誤。

乙丑年春季徵詩活動（春雨）

詩題：春雨，七言絕句。限十一真韻或十五刪韻。
左詞宗：張國裕先生（天籟吟社社長）
右詞宗：呂正惠先生（淡江大學中文系教授）

左元：心如雪

似露如絲化萬身，兼風飛舞下凡塵。能膏隴麥初抽綠，一洗峰巒色更新。

左詞宗評：能避題字寫出春雨景物，轉句措詞尤妙。

右元：故紙堆中人

獨聽簷外雨潺潺，何事春風換舊顏。爐上新茶猶未熟，夢魂早過萬重山。

左眼右四：小發

百合亭亭似出塵，庭蕪更比去年新。東風縱使能滋物，一夜廉纖始見春。

左詞宗評：以代表台灣的百合著意，暗喻春雨後更佳的景緻，句子甚妙。

右眼：天之驕女

九天雲影是前身，不意從風墜入春。解惜飄零辛苦甚，匯成江水送歸人。

左花右六：逸之

溟濛細雨潤芳春，綠滿枝頭入眼新。點滴長宵翻冷意，朝來花氣忽迎人。

左詞宗評：轉、結意境清新，應屬老手。

右花左四：木甫

天公似是惜花人，漠漠霏霏洗俗塵。一樣紅桃和綠柳，著些酥雨便精神。

左詞宗評：起、承筆力非凡。

左五右十一：一方

香濕胭脂倍覺新，空濛山色更迷人。何須執意晴方好，且任春絲著一身。

左詞宗評：擅避題字。轉句反問，妙。

右五：亞中

誰持絲網罩青山，布谷聲中未許閑。急漲溪流春意盪，落花相伴到田間。

左六：梨花帶雨

一犁絲雨對江春，漫灑天心浥客塵。驛路徘徊不需傘，花衣沾露更欣欣。

左詞宗評：句子老練，別具意境。

左七右八：千里金

簾外瀟瀟洗濁塵，斑鳩鳴樹歎孤身。梨花帶雨枝頭落，遍野鵑紅點綠春。

右七左十八：古董

飛絲寸落洗初茵，柳綠桃紅一片新。暫許雲天韜亮色，潤生蓬勃展清真。

左八：陳靄文

綠朵紅條雨後新，楊枝分灑萬家塵。癡心漸解春消息，種得桃花盡送人。

左詞宗評：「楊枝分灑」，妙。

左九：玲玲

細雨東來添碧津，無聲潤物意生春。世風紛濁甘霖望，淨化紅塵濟萬民。

左詞宗評：善狀春雨。起句第五字如能用仄聲字更好。

右九：亞中

筍芽破土紛紛急，夜半誰還敲瓦頻。敢是東風為巧婦，細將絲雨織成春。

左十：故紙堆中人

簾底瀟瀟聽未真，客中何事不傷神。東風暗度三更雨，明日繁華點翠茵。

左詞宗評：起句「簾底」如用「簾外」，是否更佳？

右十：浪子書心

雲梭織雨淨沙塵，語燕蓮蛙共一春。趁景高樓花鬧處，方知桃李豔牆鄰。

左十一：翟家光

滴瀝微聞斷續頻，青青窗畔柳條新。滿園都是胭脂水，不絕隨溪出海濱。

左十二：任風塵

空濛鎖燕困鶯身，浣杏湔棉野潤勻。鎮日雲窗愁閉盡！檐沉似負重千鈞。

右十二：香港人

久經凝白氣初還，黃月紅陽兩不關。唯有玄雲情可繫，飄飄三徑落清閒。

左十三：翟善強

雨畔相攜賞仲春，水絲輕洗百花新。如今淅瀝銷紅半，更濕青衫別玉人。

右十三：秋陽

橫川煙雨正潸潸，引頸新禾意氣閒。野老相攜阡陌近，一重溪水一重山。

左十四：南海布衣

春意迷迷總負晨，空濛煙影透窓巾。簾櫳細雨人孤寂，惹得新愁幾費神。

右十四左十六：露兮

滂沱滌盡萬重山，嫩綠迎新淨洗顏。捎得桃花爭怒放，東君最是樂悠閒。

左十五：陳靄文

獨愁風雨損花顏，一夜華顛自此斑。幾滴何妨留枕上，春來有夢少年還。

右十五：孺子牛

告別寒梅嫩葉間，江灣水上鴨先還。迷濛春雨風猶勁，冰雪依然蓋北山。

右十六：冬夜

纏綿但欲留春住，點滴無聲潤地茵。縱使清涼舒體意，黯雲煙渺總傷神。

左十七：古董

桃林襲辦落斑斑，溼幕迷濛水勢潺。洗淨風塵滋大地，開雲撥霧把晴還。

右十七：方老玄

飄搖亂絮春風密，寂寞殘荷夜雨新。露重終愁相夢遠，空堆蠟淚到清晨。

右十八：掬風臥雲

潤物如膏雨澤勻，知時應候盡生春。東皇造化生機勃，錦繡河山煥彩新。

左十九右二十：晏齋

驚蟄響雷新翠山，萬絲千縷雨潺潺。百花嬌媚誰滋潤，喜看啣泥舊燕還。

右十九：晏齋

雨沐梅櫻稻綠茵，霏霏潤澤沃江濱。滋榮萬物歸雩舞，虹映青山一片新。

左二十：雷壇

春霖潤澤灌田間，藉此耕耘莫等閒。期以庶民饒富日，辛勞卻是眾歡顏。

己丑年夏季徵詩活動（和張夢機教授〈夏日作〉）

詩題：和張夢機教授〈夏日作〉。七律，一先韻。不限定是否步韻。
左詞宗：張夢機先生（中央大學中文系教授）
右詞宗：吳榮富先生（成功大學中文系助理教授）

原作：張夢機

擁翠林邱笑獨眠，蟬聲叫破午時天。泉甘汲作烹茶水，荷小留為買雨錢。
自向楸枰習棋譜，偶從宴樂念冰筵。寒暄互羨何時已，坐眺朱廊綠幙邊。

左元右花：亞中

驕陽如火地如煎，乍雨還晴六月天。妃子深宮饞荔熟，名人高閣愛荷妍。
慵眠未識黃梁夢，靜處猶聞素女弦。兩袖清風涼酷暑，一壺香茗亦神仙。

右詞宗評：起筆扣題，儼然老手。其他六句，可見心血，尾聯亦佳。唯中四句斧鑿太露，尤其「妃子深宮」對「名人高閣」接近合掌。若易為「幽人空谷愛荷妍」，應較能產生對比效果。

右元左眼：逸之

榕陰竹榻枕書眠，避暑何求小洞天。雨後清風無處買，階前明月不須錢。
火雲作傘尋佳句，冰水浮瓜勝綺筵。涼入勞身心自靜，常留歡樂在吟邊。

右詞宗評：前二句起得好，整首初看易迷人。但是三、四、五句就露出大破綻而不自覺。

一、「雨後」泥濕，榕陰豈能鋪竹榻、又加上枕書眠？蓋都市人作野人語也。

二、「清風」「明月」不用一錢買，固能融典，但是＜赤壁賦＞所賦皆夜景，作者用此兩句實只是貪圖對仗而已，故忘掉前二句是白天還是黑夜，尤忘掉「火雲作傘」是晝景還是夜景，導致句得而理失。

古人云：「病可醫，俗不可醫。」此君才調吾視為畏友焉。

右眼：玲玲

荷氣薰風人欲眠，輕舟晝破水中天。嘒聲不已驚春夢，振筆非關買酒錢。
子弟清貧冰却暑，公卿極醺月侵筵。誠祈趙盾炎威失，暫作神遊雲海邊。

右詞宗評：首句從山谷「花氣薰人欲破蟬」蛻化而來，自是學而能變。第三句「驚春夢」稍嫌其字眼與夏日不切，或其「春夢」別有指涉？「極醺」亦感生澀。然「冰却暑」「月侵筵」見其為老練，收用趙盾典尤佳。

左花：翟善強

似入蒸籠再火煎，桃焦柳槁烈陽前。亭陰蚊聚叮頭項；晝永蟬鳴廢管弦。
胸有水雲能避世；心無寒暑可談禪。幸逢時雨清炎熱，終見虹霓涼滿天。

左四：非文

醉裡花陰不獨蟬，深居每愛艷陽天。新茶葉作千山賞，小扇涼成一席眠。
院外宜題君子竹，案頭喜讀故人箋。閑吟自有心神會，賦到清風第幾篇。

右四：晏齋

風蕩綠篁消暑煎，蟬嘶蛙噪賞紅蓮。啗瓜童稚歡顏笑，聽鳥羲皇樂枕眠。
翔鷺日飛梅雨際，流螢夜閃竹窗邊。幽居嶺壑涼床簟，一恁松濤伴瀑泉。

右詞宗評：「流螢夜閃竹窗邊」一句，便使晝夜難分。

左五：風雲

一宵冷氣換酣眠，鳥囀窗前破曉天。案上經書能養氣，詩中山水不需錢。
閒研老子虛無道，豈羨石崇金玉筵？覽卷不知時已午，林蟬激響盪雲邊。

右五：天涯海客

蕭閑一枕黑甜眠，最喜輕陰小暑天。玉貯冰壺三酌酒，瓜浮井渫幾文錢。
清輝北斗迴銀漢，廣樂南熏奏錦筵。倘若風雷來海上，蕉軒觀雨碧無邊。

右詞宗評：「清輝北斗迴銀漢」一句，亦使晝夜難分。全不顧「蕭閑一枕黑甜眠，最喜輕陰小暑天。玉貯冰壺三酌酒，瓜浮井渫幾文錢」皆白日事。

左六右八：一善

久未尋幽屢誤延，得閒當下且揚鞭。鬧街危廈拋塵後，琴水屏山現眼前。
但借松懷消暑氣，堪憑蟬韻謐心田。登臨唯憾春蹤遠，負了桃花又一年。

右六：李德儒

千載乾坤大自然，春來秋去總如煙。臘冬寒冷常憂病，陋室深思愛悟禪。
世事難言誰是主，青天不盡恨長綿。炎炎紅日紗窗隔，莫問人間我自憐。

左七右十四：璐西

潛臥幽篁日正懸，鳴蜩世外綠雲穿。忘機林裏遮炎夏，消渴茶中蘊活泉。
風懶柳斜浮影動，人閒心靜對棋研。兩三鷗友怡情悅，句拾清涼逭暑天。

右七：一善

如居囹圄鐵檽堅，抬望樓頭白日煎。客久深知蟬跡貴，鄉遙慨嘆世情牽。
征途屢起逃城念，家當聊餘買墨錢。檢視清風時下罕，蓬門柳舍羨高眠。

左八：梨花帶雨

豔陽輕照斂紅煙，不住蟬聲庭院前。蒲扇頻搖花影下，鶴雛閑舞竹籬邊。
初澆嫩韭含珠露，才導清池接玉泉。遠望禾田苗正壯，一懷情致也欣然。

左九：楚蘡

海棠絮盡炙無眠，蒲扇輕搖上畫船。亦盞亦棋舟里客，時歌時語水中仙。
驕陽遽去風扶柳，驟雨橫來浪採蓮。涼意滿懷藏不住，歸途曲唱落花天。

右九：浪子書心

日正炎長瓦欲煙，盈涼柳徑冷溪前。人尋好水投竿線，我得晴風放紙鳶。
忽見雲翻催雨舞，頻聞雷鼓醒蛙眠。誰言值暑無詩趣，寫入新詞又一篇。

左十：千里金

薰風荷葉舞翩躚，溽暑耕農默自憐。汗灌田園肩日月，霜侵耳鬢背雲天。
豪門冷氣吹涼枕，陋巷寒扉扇熱眠。倘若蒼生能互換，試將糟粕兌華筵。

右十左十一：浪子書心

春光衰謝少柔絃，偶有鳴蛙逐雨天。樹底芳茶招野老，花間舊句詠餘鮮。
貪嘗筍嫩三餐飽，愛看禾黃五月田。幾許閒情人不識，都成好夢不須錢。

右十一左十四：翟家光

寥廓高明碧落天，當頭火樣一輪圓。薰風莫解吾民慍，機氣如炊永巷然。
林鳥無聲崖絕滴，途人揮汗地生煙。朝來螢幕新聞報，颫訊東西在轉旋。

左十二右十五：琳瑤

庭幽林密鎖霞煙，靜眺籓籬不見邊。好鳥依巢聲隱約，高蟬鳴樹句牽連。
文章絢爛相如賦，典故繁多庾信篇。史事縈懷朝共晚，渾忘暑氣日趨煎。

右十二：雷壇

酷暑難安午後眠，微風不敵艷陽天。藏身柳蔭搖涼扇，耀眼荷姿擁翠錢。
未脫庸塵聽佛偈，無懸奢念啖華筵。誰貪夕照添浮彩，逸寄松濤在這邊。

左十三右十三：紀塵

獨坐薰風憶那年，同歌同醉賞荷天。清茶有味甘如酒，深誼無猜遠勝錢。
縱是憑欄思往後，也曾回首認從前。傾杯話舊知何日？唯寄關懷詩一篇。

左十五：建民

炎曦暑氣午難眠，無事燕鶯聲半天。濁酒清江虛景物，新蟬老樹復詩篇。
似曾吾欲青山語，從未誰將墨客憐。彩筆春秋揮又去，憂愁風雨嘆流年。

右十五：亞中

時人祇識艷陽天，蟬聒枝頭催欲眠。一掬山泉消燥火，三餐干麵免炊煙。
楸坪笑作馬前卒，畫苑空留秋後蓮。交了王糧收了稻，幽篁深處悟狐禪。

雅集八週年徵詩活動（歲末）

詩題：「歲末」五絕，限七陽韻或十五咸韻
左詞宗：劉清河先生（鄭順娘文教公益基金會漢詩講座）
右詞宗：黃鶴仁先生（《詩訊》電子報主編）

左元：楚虁

歸雁逐斜陽，行人步履忙。歲窮天欲換，不老是流光。

左詞宗評：理巧意明，的是作手。

右元左花：掬風臥雲

臘鼓催殘歲，吟懷繫念長。誰憐滄海客，浪跡幾星霜。

左詞宗評：有遊子思鄉之慨。
右詞宗評：渾健可喜。

左眼：心如雪

玉漏年行盡，火花散昊蒼。風煙歸昨夜，有夢寄新陽。

左詞宗評：典古意新，且寄無限情懷，佳作也。

右眼左十四：風雲

臘月寒流至，群山著冷霜。試看梅骨健，迓雪更清狂。

左詞宗評：「迓」字易「覆」應可更好。

右詞宗評：健句，次句稍欠渾。

右花：晏齋

菊楓凋謝盡，雪嶺映清光。獨有天涯客，年移眺故鄉。

右詞宗評：「年移眺」稍弱。

左四右四：翟善強

歲末乾坤冷，家居冬夜長。新栽梅有蕾，痴坐候花香。

左詞宗評：轉結意巧，韻味有餘。

右詞宗評：語順。

左五右十一：古董

揮笤掃冷霜，克日展春陽。去舊迎新象，來年更吉祥。

左詞宗評：善用吉祥語，故佳。

右五左十三：拾荒樵夫

嶺外寒風至，梅花撲鼻香。誰知人寂寞，心想是家鄉。

左詞宗評：結句「心想」較俗，如易「最憶」為佳。

右詞宗評：語順，第二句全是借句。

左六：玲玲

畫虎迎新歲，天寒又夜長。冷梅傳臘信，遊子倍思鄉。

右六：心如雪

不知霜雪降，南北一征帆；又恐春風至，平添白鬢髟。

左七：非文

事並年華舊，思隨冬日長。家書傳萬里，一字在他鄉。

右七：逸之

梅萼迎春放，屠蘇帶醉嚐。案頭無宿債，婪尾有餘香。

右詞宗評：迎春，雖隱含「歲末」題意，惟尚覺稍偏。第二句酒名再「帶醉嚐」，見酒即見醉意，此或可省其一。

左八：雷壇

臘鼓催安素，冰封恨未央。疏枝窗外傲，瑞氣解愁腸。

右八：南海布衣

梅開知歲盡，風雪雨茫茫。何處鄉關路，團圓夢裏嘗。

左九：掬風臥雲

荏苒駒光逝，青山雪已咸。家邦猶板蕩，虎歲待揚帆。

右九：筱薙

銀雪玉鑲巖，朔風狂舞杉。倏然年欲換，遊子望雲帆。

左十：拾荒樵夫

臘月肉醃鹹，聞香箸欲銜。拼成除夕菜，下酒更非凡。

右十：璐西

葭灰吹曆薄，別歲玉巵藏。或恐韶華逝，寒梅帶雪香。

左十一右十三：亞中

歸里人流急，山鄉臘八忙。荒園霜結草，風動臘梅香。

右詞宗評：此明重出，以技窮論。

左十二右十四：雷壇

臘盡遊人遠，殘冬雪半岩。情深思故里，歲晚覓歸帆。

左詞宗評：「半」字用「覆」字似乎較好。

右詞宗評：此「臘盡」、「殘冬」、「歲晚」意重出，凡三處，因降明重一格。

右十二左十五：一方

庭園清掃罷，品茗坐冬陽。轉眼牛年盡，天涯客影長。

右十五：雲想

過往紅塵路，蹉跎幾度傷。舊情昏若夢，臘底倍思量。

庚寅年春季徵詩活動（分詠格：雨傘、祖沖之）

題目：詩鐘，分詠格，分詠「雨傘」、「祖沖之」不露題面。
左詞宗：徐國能先生（台灣師範大學國文系副教授）
右詞宗：林　立先生（新加坡國立大學中文系助理教授）

左元右七：翟家光

渡盡陰晴成老杖，曆詳日月創新元。

左詞宗評：有意有力。
右詞宗評：上句非閱盡陰晴者不能道，唯下句稍遜。

右元：半山人

撐起半球天地小，送來一率世間新。

右詞宗評：簡樸可喜，縮放得宜。愛其天地之小，惜「天地」對「世間」，似稍欠工煉。詩對則可，鐘對宜從嚴。

左眼：月兒彎彎

首推神率明圓廣，每替世人擎水多。

左詞宗評：妙于寄託。

右詞宗評：明圓廣、擎水多，有欠工整。

右眼左十：雲想

劉宋先知開密率，錢塘曾共接疏霖。

左詞宗評：得體大方。

右詞宗評：對句工整，且能扣緊題面。密率、疏霖尤見巧妙。下句引人遐想。

左花右六：木甫

拈來上句孫行者，借自西湖許相公。

左詞宗評：工巧別緻。

右詞宗評：以孫行者對許相公，別具心裁。惜兩句均似打啞謎。

右花左九：梨花帶雨

圓荷遮擋千絲淚，周率消磨幾寸心。

左詞宗評：清通明白。

右詞宗評：妙哉，此幾為押卷之作矣！遮擋二字若再錘鍊，或更佳。若作「領受」如何？

左四：悠悠齋

穌霖漫灑人天隔，密率精推盈朒間。

左詞宗評：精深老到。

右詞宗評：上句人天隔，雖云是傘，卻似死生相隔之謂。兩句末三字辭性未妥。穌霖若如某參賽者改為疏霖，則妙矣。

右四：種花

勁骨舒撐千簇箭，妙心巧算一周圓。

右詞宗評：勁骨、妙心，無懈可擊。上下句亦不致過於疏離。

左五右九：木甫

直面風濤憑鐵骨，精研歷數見恆心。

左詞宗評：想見精神。

右詞宗評：頗見理趣。然鐵骨對恆心，覺有一間之未達。面對研，雖同為動詞，亦可再斟酌。歷數當為曆數否？

右五：璐西

勁骨高撐千萬箭，妙心巧算一分圓。

右詞宗評：與第四名（編按：指「右四」作品）相近，稍遜者在「高」與「萬」二字。高撐乃常人可道，舒撐則別具心裁。另「千萬」二字皆為數詞，以之對「一分」，不如「千簇」對「一周」之工整。

左六：壯齋

籌算周天無盡數，蓋遮含蕊有情花。

左詞宗評：曲盡題面。

右詞宗評：前後句亦有意境不諧之弊。蓋遮似已點題。

左七：千里金

天垂點滴張羅蓋，師算毫釐積閏年。

左詞宗評：用意深刻。

右詞宗評：稍覺乏味，未能盪開一筆之故耶？

左八：逸之

能算圓周求密率，敢撐點滴到晴時。

左詞宗評：嫻雅溫潤。

右詞宗評：能切題，但密率對晴時，有欠工煉。

右八：雷壇

傾盤頂上綢繆早，問世圓周定率先。

右詞宗評：頂上、圓周，未夠工整。綢繆為疊韻，宜以雙聲或疊韻對之。且末三字辭性亦可斟酌。

右十：雲想

南宋朝中修曆律，西湖柳下借嬋娟。

右詞宗評：曆律、嬋娟，雙聲對疊韻，見作者妙心。但祖沖之為南朝宋人，上句曰南宋，則有含混之嫌。

庚寅年夏季徵詩活動（環保相關自由題）

詩題：以現今氣候遽變等環保議題為主軸自由創作，題目自訂。七絕不限韻。

左詞宗：葉世榮先生（台北天籟吟社名譽副社長）

右詞宗：賴欣陽先生（台北大學中文系兼任助理教授）

左元右十四：金千里

兩極冰融暖化間，災成澤國駭人寰。油枯氣盡資源竭，末日將臨豈等閑。

左詞宗評：造句順暢，可警惕人民。

右詞宗評：「暖化間」改「緣暖化」為宜。

右元：故紙堆中人

數日暑熱難擋，或云溫室效應之故，兼以時事擾亂，因題一首寄意。

草焦江涸苦難當，日日火雲幾欲狂。斂盡機心還樸素，人間何處不清涼。

右詞宗評：人事、自然兼寫，意味雋永。然時事部分略嫌過虛，可於遣詞用字之際稍加點染，將更生動。

左眼右花：風雲

氣候異常釀災有感

氣候年年益極端，四時冷熱料之難。蒼天有洞倩誰補，災禍頻生噙淚看。

左詞宗評：教人皆抱憐憫之心。改為「由誰補」、「忍淚看」亦同上意。

右詞宗評：憂深感切，可謂情文。

右眼：晏齋

嘆息碳息

張生煮海魚蝦急，最怕人為亂宇寰。思欲弭災須減碳，多栽綠樹蔚青山。

右詞宗評：引張生煮海喻暖化，舊典翻新意，有巧思。

左花：子衡

環保節能

物候翻騰暑氣蒸，嘈車冷氣競侵凌。欲倡環保先由己，安步搖蒲共節能。

左詞宗評：安步當車還可健身運動，搖蒲扇節省能源，皆符合環保節能。

右詞宗評：「翻騰」不宜用於「物候」。

左四：玲玲

拯救地球

乾坤失序世人驚，遽變風雲災劫生。大塊欲歸元淨土，節能減碳誓偕行。

左詞宗評：「災劫生」可改「劫難生」聲調更穩。「誓偕行」換為「必偕行」作參考。

右詞宗評：「元淨土」或「歸元淨土」皆不詞。最後一句像政令口號。

右四：壯齋

暖化

燃盡油煤成禍胎，雨師旱魃接連災。已傾玉燭環球熾，不待天爐半劫灰。

左五：亞中

十月洪澇六月霜，誰教天地也瘋狂。自然耗盡難填慾，剜卻心頭治小瘡。

左詞宗評：失大治小，早知如此，悔不當初。

右詞宗評：「自然耗盡」不詞。

右五左七：非文

感夏炎

一片春山酸雨蝕，幾回秋旱大江枯。如添夏雪冬雷事，能與瀛寰決絕無。

右詞宗評：題為「夏炎」，詩中卻寫春雨、秋旱，未見炎夏之狀。

左六：逸之

又聞神州大地洪澇處處

半是人謀半自然，洪澇處處復年年。但求百姓同安樂，何必侈言誇勝天。

右詞宗評：「是」字改「以」，「謀」字改「為」，較為貼切。

右六左十一：南海布衣

近歲氣候所感

夏雪冬炎盡倒顛，山洪肆虐萬民煎。蒼天好恨哀鴻淚，雨順風調賜瑞年。

左詞宗評：「恨」字欠妥。

右詞宗評：穩順得當。

右七：一方

全球暖化

冰川溶減旱洪欺，氣候昏顛萬國悲。南極破天何日補，官商空劃了無期。

右詞宗評：解決暖化問題，當賴全球民眾自覺。端憑官商，未免太過消極。

左八：一方

保育

昔日青山綠水連，工商摧土損河川。魚蝦難活芳難覓，保育空談只看錢。

左詞宗評：第三句「芳」一字較為籠統，以「芳菲杳」代「芳難覓」，未知如何？

右詞宗評：末句太露。

右八：非文

感夏炎

九日人間烈火煎，黎民何處得生天。四千載後求甘雨，后羿良弓竟失傳。

右詞宗評：「九日」宜改為「十日」。反用后羿射日事，有新意。

左九右十三：維仁

敬愛自然

身居大塊物華中，萬類生生與我同。道法自然存敬謹，莫誇人力勝天工。

右詞宗評：以老、莊之談。

右九：梨花帶雨

河邊植樹

芳樹初栽入眼明，一枝一葉總關情。無端似覺池邊水，已把波聲作笑聲。

左十：萩荻

感時

夏雪紛飛冬日煎，全球旱澇更頻傳。頗能求得女媧石，好為蒼生再補天。

右詞宗評：第三句失律，「女」字若不能用平聲而為拗句，應於下句第五字改為平聲救之。詩中憫天憂民之意顯然。「冬日煎」宜再推敲，「更」、「頻」二字於義犯重。

右十：翟善強

全球酷熱

燃油巨量伐森林，招致全球酷熱臨。融盡冰川雪山秀，江河源竭水如金。

右詞宗評：「巨」字改「過」為切。

右十一：王善同

元月六日上午

冰雪消融二九河，花紅不見待春歌。江南飛雪天山雨，無那東君亂令多。

右詞宗評：詩中無「上午」意。

左十二：之川

漸近的洪荒

大雨千尋天碎處，家園一夜水中央。方舟不與愚人渡，且問原由且悵望。

右詞宗評：詩意未扣題中「漸近」之義。

右十二：古渡

地球暖化災頻仍

地球暖化害黎民，北極冰圈劇縮身。島國沉淪洋變闊，旱災林火日頻頻。

右詞宗評：「害」字改「苦」為佳。「縮身」不宜用於「北極冰圈」。「洋變闊」應再推敲。「頻」字一用即可。

左十三：亞中

廢氣迷濛天地灰，青山綠水不重來。乍澇乍旱非妖孽，屠慾橫流終自哀。

右詞宗評：「屠」字改為「人」字會更貼切，可解釋空間更廣。第三句合律，第四句不宜拗。

左十四：金千里

婆娑綠葉蔚藍天，惜被塵污盖艷妍。碳染青山難復潔，奢華享盡地生煙。

左詞宗評：「地生煙」接「奢華享盡」較不順。

右詞宗評：「碳染」、「地生煙」皆不詞。

左十五：翟家光

西疆土裂東疆水，南鄙寒攻北鄙炎。誰能整頓乾坤手，盡使蒼生福澤霑。

左詞宗評：造句一氣呵成！然以二三句失黏，移置於殿。唐人雖有此體，用於比賽，仍屬不宜。

右詞宗評：本詩失黏，成折腰體，非律絕。「土裂」宜改「地圻」，「攻」字改為「侵」字，「能」字改為「施」字，「整頓」改為「扭轉」，詞句會更貼切雅馴。

右十五：詠纓

天地反撲

無端火起五洲延，地動洪災掩陌阡。亂序非時禾粟折。乾坤戰鼓揭連天。

右詞宗評：「掩」字改「沒」為切。

庚寅年夏季網聚即席詩作（遇雨）

詩題：遇雨
體裁：七絕
限韻：上平一東、下平一先
左詞宗：葉世榮先生（天籟吟社名譽副社長）
右詞宗：李正發先生（網路古典詩詞雅集版主）

左元右四：子衡

不畏炎氛酷暑中，恭臨雅會勵儒風。喜逢消夏催詩雨，可待天晴現彩虹。

右元左十一：故紙堆中人

碎玉敲開處暑天，浮生路上亂喧闐。蒼穹信是真憐我，故得簷下作小眠。

左眼右十：余詠纓

苦熱庚寅擎九夏，秋分欲至鷺鷗逢。甘霖帶喜攜佳句，策勵鯤瀛振雅風。

右眼：樂齋

纔見炎炎日正中，雲騰作雨太匆匆。灑塵應為群賢聚，敢惜沾襟欲駕風。

左花右五：楊維仁

出門猶怨日燒空，俄頃驚心密雨籠。未阻滂沱欣赴會，沿途好聽韻玲瓏。

右花左八：五葉

誰喚雨師來九天，雲中頓瀉一飛泉。我今遇此清涼意，塵俗盈襟便自蠲。

左四右九：天之驕女

黑雲疊疊據蒼穹，十畝荷無半點風。響箭忽從天際下，居然打亂一池紅。

左五右八：風雲

欲踏吟鞋赴玉筵，忽逢急雨落窗前。情深何惜衣衫濕，一會詩朋便勝仙。

左六右十二：和亭

遠觀如霧漫塵煙，遮護輕移路亦顛。衣褲纏身空惱怒，此時雲散又晴天。

右六：晏齋

欲赴蘭亭會眾賢，滂沱瀑雨瀉天巔。淋漓衣著望雲暗，及至詩軒樂聚筵。

左七右避：小發

萬箭千絲破碧空，阻行爭奈意忡忡。轉思身困騎樓下，竟得片時觀雨風。

右七：拾荒樵夫

北晨街市路匆匆，滿面珠花瀑水洪。想是神仙臨暑熱，頻揮濕汗若淋沖。

左九：賴欣陽

雲掩層巒山徑窮，樹高林密蔽蒼穹。一聲霹靂開天地，萬葉流泉滌俗衷。

左十：筱雅

悠閒步伐首途中，霹靂漸聞震隆隆。暴雨滂沱忽忽至，巷街人杳天濛濛。

右十一：野音

今日閒情遇雨中，鷗朋盡聚訴情衷。秋涼間或談詩句，一色天長有夢同。

左十二右特別獎：廖芊雰

今天下雨我有帶摺疊傘，所以我都沒有淋到任何雨，而且是用新的傘，媽媽還教我把傘捲起來。

佳作

葉世榮

來賓甘澍喜相逢，洗淨凡塵却夏烘。笑我幸參留客雨，敢忘詩教共揚風。

玲玲

火傘當空苦旱連，騷人雅聚畏炎天。霎時兩兩烏雲起，喜見蒼穹亦我憐。

李岳儒

未至秋分晝過夜，羲和當值欲偷眠。雲師雨伯倩來代，道上行人空望天

壯齋

鴻濛一氣會雲風，張蓋難遮行路躬。且喜微霖休抱柱，新知舊友信相逢。

sigmax

新聞已告兩颱風，近午烏雲漫天空。信步尤宜不攜傘，天人合一雨煙中。

玉反

初赴雅酬雨正濛，飛車身影一飄蓬。到來忐忑同雲散，滿屋人情似豔虹。

庚寅年秋季徵詩活動（瓶花）

詩題：瓶花，五言律詩，限上平一東或上平十一真韻
左詞宗：洪澤南先生（國父紀念館、社教館詩詞吟唱講座講師）
右詞宗：楊維仁先生（網路古典詩詞雅集版主、天籟吟社總幹事）

左詞宗總評：

以《瓶花》為詩題，不免領人聯想到起籠鳥、盆松、池魚……等作品。試觀兩首前賢之作：

一、歐陽修，《畫眉鳥》：百囀千聲隨意移，山花紅紫樹高低；始知鎖向金籠聽，不及林間自在啼。

二、台灣瀛社陳焙焜，《盆松》：無端移向此中栽，詰屈深嗟折大材；打破瓦盆歸大地，棟樑始得遍山隈。

以上名家手筆自是不凡，而兩者俱著墨於「不宜錮範本性」，也數見於本次徵詩來稿中，例如「幽齋殊寂寞，更憶錦茵叢」、「天真從此去，寂寞是新鄰」、「我亦失根客，相逢俱夢中」、「他朝更零落，何處委芳塵」……。

另有一種看法，容我以下列文字來表述：「局量寬大，即住三家邨裡，光景不拘；智識卑微，縱居五都市中，神情亦促」（《醉古堂劍掃》，〈醒〉），立

意於此，我們也看到了一些經典佳句，例如：「膽瓶雖曰小，四季有長春」、「錯落姿稱巧，高低態見工」、「悄然馨滿室，昂首自春風」……。可以說，又別是一番氣象。

更有用詼諧戲謔的筆調，來影射人世間者。我們也來讀一首：「天生艷色豐，暗喜被人崇。擺款庭中笑，垂頭席上躬。寒盧添雅意，富戶點春風。永別冰霜苦，全心獻媚功。」，原來花與人同，既諳搔首弄姿，也懂得卑躬屈膝，一但淪落為瓶中花，「全心獻媚」竟是唯一的自贖之方，在博人一哂的詼諧裡，其實我們也讀出了眼淚。

總共三十一首的「瓶花」，吟哦再三，我都非常感動，都覺得是典雅之作，大類古人，似乎只有欣賞以對，再無評議的心情。

古典詩意涵的飽滿、聲調的悅耳、文句的典雅以及氣質的端莊，注定了古典詩不會被革命、不該被革命，即使被外行人革了命，也不會真正斷氣，詩魂飄啊飄的，又飄回了「網路詩詞雅集」。吟哦過這些作品之後，您一定會多少同意陳芳明教授的看法：「古典是永遠的現代」。來稿由於經過電腦系統傳輸，有幾個錯別字者，我都認為是機件出錯，有扨救者，我均予以肯定。至於「排名次」，我便又開始後悔答應楊維仁老師——他是我非常非常尊敬而難以推卻所託的台灣中生代詩人——來擔任這次的「詞宗」了。有道是：「韓愈，字退之；評審，字不公」，就勉為其難，容我「勾」幾條詩魂給他，以便交差了事好過年，凡有「得元」、「得眼」、「得探花」……或有「落」選者，不能說，全然與我無關，但

請勿謝我，亦幸勿謗我。真的！真的關係不大。（洪澤南述於辛卯小年夜）

右詞宗總評：

二〇〇二年秋季網路古典詩詞雅集首次舉辦徵詩活動，即以「瓶花」為徵詩主題，當年徵詩活動萬分榮幸邀得詩壇前輩羅尚老師和張國裕老師分任左右詞宗，優勝作品則先後收錄於《網川漱玉》、《網雅吟懷》二書。二〇〇七年戎庵先生蒙主寵召，二〇一〇年國裕先生遽歸道山，兩位先生在世時對於雅集多所獎掖，哲人雖逝，典型長存，足為我輩模範。八年後，雅集管理群組決議重以「瓶花」為題徵詩，實有回顧舊事，繼往開來之意。

本次徵詩主題為「瓶花」，既是限題徵詩，則應扣題抒寫，不同於一般閒詠之作。「瓶花」當以「花」為主角，然「瓶」亦不宜忽略，無論直寫側寫，總以能點出「瓶」字為宜。瓶花常置於室內，偶邀戶外之蝶，斜照窗上之月尚屬合理之事，倘若瓶花之側蝶舞頻頻月華盈盈，恐非常態。

就對仗而言，律詩第二聯（頷聯）、第三聯（頸聯）必須對仗，對仗乃律詩精采之處。是以對仗工妙者，名次挪前；失誤過多者，名次挪後。

就格律而言，五言律絕「平平仄仄平」之句，首字不宜改平為仄；如第一字拗仄，則應在第三字以平聲救之，以避免孤平之病。試觀古人詩中「仄平仄仄平」之例幾近絕跡，可見孤平實乃近體詩禁忌。五言律絕用下三仄收尾，古有成例可循，無妨於本人之評分，然而個人並不建議在比賽中使用。

左元右六：天之驕女

本作自由身，搖風露更親。瓶中日如歲，燈下夜同晨。
綻放呼無伴，芬芳屬一人。天真從此去，寂寞是新鄰。

右詞宗評：極寫度日如年之悲慨，惟末句「新鄰」似可再鍊。

右元左花：五葉

玉膽小家碧，新裁深淺紅。妝成無片語，香散有微風。
妍色芳華外，春光想像中。幽齋殊寂寞，更憶錦茵叢。

右詞宗評：首聯點題貼切而兼靈動，頸聯「妍色芳華外，春光想像中」對仗工整而有韻味。

左眼右花：璐西

林野曾為客，移瓶一點紅。山川天地外，日月有無中。
昔競千花豔，今知萬事空。悄然馨滿室，昂首自春風。

右詞宗評：「山川天地外，日月有無中」對仗工整典雅，惟用於瓶花，氣勢似乎過於宏大。

右眼：斷虹影

含情承玉露，無力挽春風。隔座盈盈立，因誰故故紅？
餘容猶向晚，望眼正垂櫳。我亦失根客，相逢俱夢中。

右詞宗評：結聯是憐花，亦是自憐，宛轉有味。

左四：千里金

天生艷色豐，暗喜被人崇。擺款庭中笑，垂頭席上躬。
寒盧添雅意，富户點春風。永別冰霜苦，全心獻媚功。

左詞宗評：「寒盧添雅意」應係「寒廬添雅意」，可能是機件傳輸出錯。
右詞宗評：頸聯「盧」字應為「廬」字之誤。

右四左六：天之驕女

玉瓶真冷宮，幸有一窗風。寂寂春無恨，徐徐老以終。
原來三月錦，不過半天虹。為報憐香客，拼將數蕊紅。

右詞宗評：前六句真有寂寞自憐之意，第七句乍來憐香之客，稍嫌突兀。

左五右十：練習生

老圃賞芳叢，丰神訝不同。折枝歸臥內，寄跡插瓶中。
錯落姿稱巧，高低態見工。有香兼有色，真趣蘊無窮。

右詞宗評：「錯落姿稱巧，高低態見工」對仗工整精巧，然花姿既已「錯落」，則下句之「工」字略有扞格。

右五左八：練習生

昔日園中客，今朝入幕賓。瓊枝簪玉膽，仙骨顯精神。
佳色誰能匹，幽香倍可親。榮枯自來去，風雨不關身。

右詞宗評：結聯極有精神！頷聯「瓊枝」與「仙骨」皆寫枝，意涉合掌，不妨改其中一句為蕊瓣；「玉膽」對「精神」稍差半字。

左七：亞中

婷婷瓶上立，颯爽一枝紅。文案添春色，草堂沐雅風。
展姿無浪蝶，解語有吟翁。馥郁香凝室，與君相互融。

右詞宗評：第四句犯孤平，建議改第一字或第三字為平聲。第七句「馥郁香」連用三字同義，未免太過擁擠。

右七：五葉

一枝香幾許，憑此占先春。偶寄娉婷意，暫棲方寸身。
剪裁憐綺萼，護惜絕纖塵。不待東風薄，芳英自隱淪。

右詞宗評：「偶寄娉婷意，暫棲方寸身」寫瓶花極為精準巧妙。前四句從花之角度言，五六句從人之角度言，布局雖有創意，然前四句轉五六句之銜接稍嫌不順。

右八左九：斷虹影

愁對風霜老，還看一段新。尚招輕蝶舞，徒惹美人顰。
自惜朱顏好，誰知玉骨珍？他朝更零落，何處委芳塵？

右詞宗評：前六句均將動詞置於第二字，起頭過於雷同，不無小疵。

右九：翟家光

室雅不霑塵，芳華日又新。襲人心若醉，招蝶氣多振。
慣看繽紛落，猶欣爛漫陳。膽瓶雖曰小，四季有長春。

右詞宗評：室內之花雖能招室外之蝶，終非常態。

左十：翟善強

紅紫隨君插，芳香入室新。琴邊偕脫俗，几上自生春。
風雨狂無懼；鶯化夢半真。惟憐斷根土，煢獨葬溝塵。

左詞宗評：「鶯化夢半真」應係「鶯花夢半真」，可能是機件傳輸出錯。
右詞宗評：第六句「化」字疑係誤植。

雅集九週年慶徵詩活動（燈謎對聯）

題目：燈謎對聯，可投一至二聯。

一、謎面須為一七言對聯，與詩鐘之合詠格相似。

二、謎底自定一物，不可露於謎面，謎面旁須加註猜射範圍。

詞宗：林保淳先生（臺灣師大國文系教授）

優選：翟善強

謎面：文對桃紅花兩色；詩應衣紫酒千鍾。（射唐人一）

謎底：李白

李白對桃紅，謎意已出；李白詩定當衣紫，酒千鍾亦摹出詩仙情狀，此首詩與謎意俱佳。

佳作：故紙堆中人

謎面：面寒猶似三冬冷，腹大能藏四季鮮。（射電器用品一）

謎底：冰箱

謎意與對句皆佳。

佳作：璐西

謎面：滿納裁心懸月夜，點燃祈望向仙宮。（射民俗活動一）

謎底：放天燈

謎味頗佳，裁心與祈望相對，斧鑿痕過深，要為小憾。

辛卯年春季徵詩活動（下棋）

詩題：下棋，七言律詩，限十一尤或十二侵韻
左詞宗：曾人口先生（雲林縣傳統詩學會理事長）
右詞宗：李佩玲女史（網路古典詩詞雅集前版主）

右詞宗總評：

一、像「下棋」這樣實在的題目，在落筆之前要先想想，要藉此表達的主旨是什麼？是某一種人生觀？某一種對現世的諷喻？還是某一種趣味？而非只是怎麼下棋，將士相車馬砲每一種走法都講一遍了事，否則太著相了，少了言外之意，也就少了詩味。

二、雖然很多文學中都把下棋比為戰爭，但不論如何，下棋是紙上談兵，並非實際打仗，所以一些刀、箭、戈、矛、征塵、鐵鎖、流血等戰場上的事物，其實是不會真的出現在棋盤上的，在比擬使用時宜謹慎，否則就離題了。

三、太著相固然少詩味，為求雅意而經營周邊環境，真正寫到棋事太少，則又太隔了。

左元右四：浪子書心

騁智紋枰鬥未休，誰堪一著定千秋。楚河勒砲張良笑，漢界爭兵項羽愁。
搔首猶傷窺陣馬，伸腰欲破帥軍樓。盤終但覺干戈險，長願兒孫遠戰憂。

左詞宗評：文人非戰思想，自古已然，能以小喻大，以古諷今，頗合風人之旨。
右詞宗評：結語有心！

右元：翟家光

幽篁久已不聞琴，猶是諸賢博弈林。一紙鋪開成敵手，二人局對各鉤心。
莫輕卒仔河邊渡，須慎車王炮口尋。忽聽有童遙喊道，爺爺吃飯在鳴金。

右詞宗評：整首詩味足，結語更得出人意表之趣，令人印象深刻。

左眼右七：亞中

一局風雲自在心，運籌帷幄主浮沉。頻繁攻守征塵急，得失推敲策畧深。
殘卒已無爭勝夢，單車尚有復興忱。雄如楚項空餘恨，遊戲楸枰笑古今。

左詞宗評：棋之布置、侵凌、用戰、取捨，乃兵法之運用，下棋對志在爭強鬥勝，欲霸天下者有警惕作用。

右眼：樂齋

雅事人將棋比琴，何曾對弈覓知音？支頤渾似悠閑客，動念無非競逐心。
欲讓先期謀可售，後行因恃技尤深。楚河漢界爭為主，局以殘終一古今。

右詞宗評：起句佳，後意衰，結句欲振乏力。

右詞宗評：起筆佳，頷聯搖曳，頸聯深沉，結句有味。

左花：亞中

紙上交兵費運籌，用心處處局中憂。輸贏爭奪無情義，車馬相逢作寇仇。
虛晃三招誠詭計，勢乘一著也良謀。可憐多少紅塵事，擬入楸枰弈不休。

左詞宗評：塵世之爭奪、好勝由棋中可體會，用盡計謀，勝負只遊戲，寡情成仇到頭空遺恨而已。

右詞宗評：頸聯用字欠雅馴。

右花：浪子書心

尺許江山逐鹿心，方枰酣戰古同今。巡河銳砲中宮響，屯界輕兵五路侵。
汝識當知韓信陣，吾能善撫臥龍琴。今朝不欲爭天下，勝負隨君莫問尋。

右詞宗評：起聯切題。

左四：金千里

高山流水會知音，共品茶香樂趣尋。博弈談兵憑睿智，縱橫佈陣展機心。
三軍鼙鼓聲威壯，一片降幡鐵鎖沉。楚漢相爭誰對錯，成王敗寇古同今。

左詞宗評：成者為王，敗者為寇，何其殘忍！和平相處，揖讓謙和使賢者出頭，何樂而不為？

右詞宗評：太隔，首聯像在寫茶。

左五：晏齋

下子遲疑百酌斟，運籌眉鎖暗沉吟。干戈侵略驅方寸，車馬攻防馳袞尋。
追勝人心千局變，爭魁電腦萬民涔。輸贏王寇枰中論，益智修身趣味深。

左詞宗評：用新事物入詩，以益智修身取義，另有一番風貌。

右詞宗評：「論」用作動詞讀平聲為宜。

右五：晏齋

六博樗蒲費慮謀，楸枰爭戰幾時休？商均砥礪重華設，柳惲評量梁武謳。
帷幄運籌奇正變，精神算計輸贏求。用兵方寸堪迷世，猶勝無心憶孔丘。

右詞宗評：熟棋史者也！

左六：樂齋

炮走車衝馬不休，居中二主只如囚。卒兵臨敵皆成伍，士相勤王各引儔。
將有死生關勝負，帥惟逃躲避圖謀。位尊行止誰能肆，四處殺機難自由。

左詞宗評：在上位者，不能放肆，行止不自由，有別出心裁的看法。

右詞宗評：太著相欠詩味。

右六：四年級

對弈因何寄寓深？無非識趣藉交心。堪憑實惠俘囚放，且構虛情士卒擒。
幾度相爭緣困局，雙方互諒為知音。切磋寧捨輸贏事，精彩攻防是所尋。

右詞宗評：結構完整，詩意略遜。

左七：逸之

相邀穩坐對枰楸，鬥角連星未肯休。死活從來嗟一目，輸贏何必豁雙眸。
陰陽局破非庸手，黑白勢成多勝籌。冷眼塵寰紛擾攘，縱橫雁隊樂優遊。

左詞宗評：冷眼旁觀塵世之分擾，自勉誤著一目之嘆。惟頷、頸聯句法結構嫌欠變化。

右詞宗評：結句意不明。

網海拾粹

左八右八：金千里

躍馬橫刀任縱收，沙場征戰卻優游。調兵遣將憑機智，列陣攻城巧運籌。
架炮平車寒敵胆，移宮飛象展奇謀。怡情養性消閑樂，不為封疆不為侯。

左詞宗評：寫下棋之優遊樂趣，使人有從容不迫之感。惜頷、頸聯句法結構欠變化。

右詞宗評：前三聯全在寫戰場實景，尾聯點題，可惜不夠明確。

辛卯年夏季徵詩活動（核災）

詩題：核災，七言絕句，不限韻。
左詞宗：莫月娥女史（中華民國傳統詩學會副理事長）
右詞宗：吳東晟先生（成功大學中文系兼任講師）

左元右五：千里金

東瀛輻射毒烟塵，污染環球毀自身。濫用高能藏惡果，無窮後患禍芳鄰。

右詞宗評：工穩，應係老手之作。

右元：溪影照

狂風不毀一街樓，地裂無遺百歲憂。大禍應憐禽與獸，豈知橫死好緣由。

右詞宗評：此詩扣緊題旨，復曲折深入。一二句言風災地震，所傷雖大，然畢竟有限，不如核災禍害之長久；三四句，言長期受核災陰影之折磨，翻不若當時便死之痛快也。頗能道出人類恐懼之情，且目光所及，及乎眾生，固不止人類耳。所用詞語，殆無新詞，其用意則頗新，是能以舊語詠今人之事、抒今人之情者。

左眼：林顏

扶桑海嘯釀成災，核爆傷人遍地哀。廢料污泥何處去，及時廢廠絕塵埃。

左花右眼：亞中

一方核泄十方驚，福島何堪變死城。莫道杞人多顧慮，官家誰個說真情。

右詞宗評：富轉折，精準工穩。官家不說真情，亦災之一部分也。惟「變」字似採口語之用法？

右花：翟家光

昔年原爆豈忘災，何竟今猶玩核來。自毀邦家還禍世，如斯倚伏太堪哀。

右詞宗評：此詩不自福島言起，乃追溯至二戰。三四句悲痛。惜二句「何竟今猶」四字頗拗口。

左四：四年級

禍害子孫車諾比，臂粗蚯蚓絕非期！後生形駭難相認，燃鈾鍋爐只合移。

右四：一方

發電核能藏禍心，一朝泄漏巨災臨。方圓百里成荒地，生態盡摧癌變侵。

右詞宗評：扣緊「核災」題旨，以災前（發電）對比災後（三四句），判自在其中。

左五：逸之

核電原知是禍胎。奈何幅射釀成災。非關海嘯非天意，不慎人謀猶可哀。

左六：璐西

核廠金光本是珍，成災一夕禍殃民。濁塵幅射飄洋渡，極痛方知警世人。

右六：捫風臥雲

核爆扶桑浩劫摧，彌天輻射忍聞哀。能源政策多元化，舉世安和日快哉。

右詞宗評：此詩議論較多，意雖佳，但詩味較淡。一二句扣住本題，三四句則係發揮。「能源政策多元化」傷於直。

詞萃徵詞

丁亥年秋季徵詞活動（應天長．秋楓）

詞牌：應天長　詞題：秋楓　詞韻：韻依詞林正韻，第七部。
左詞宗：張夢機先生（中央大學中文系教授）
右詞宗：包根弟女史（輔仁大學中文系教授）

左元右四：一善

聽得寒蟬啼歲半。綠抹胭脂溪谷畔。秋來急。愁去晚。翦落相思無數片。
沈腰鬆。潘鬢亂。惆悵風塵難斷。忍把心情細算。顏色同誰看。

右元左七：逸之

橙黃翠綠紅深淺。北國霜楓秋色滿。雁行低，鴉噪晚。紅葉西風長繾綣。
慣飄零，空聚散。此恨有誰堪管。無奈月圓人遠。客愁何處遣。

左眼右六：亞中

霜天漠漠楓林晚，疊嶺層林紅爛漫。舞西風，誰為伴，空老朱顏秋又半。
夢難圓，多少願，慨嘆寒蟬聲倦。一葉寄情音斷，風裡霓裳亂。

右眼左八：梨花帶雨

爲約飛霜簾半卷，葉自半紅秋自淺。韻初成，霞正染。心事欲題風剪剪。
意朦朧，情繾綣。落日依依人遠。多少離愁新怨，飄零秋不管。

左花：五湖散人

層林疊秀新霜染，楓葉滿山紅璨爛。倚清秋，吹彤管，獨坐翠微堪把盞。
想佳人，三兩片，漫把相思寫遍。縛系丹心一瓣，附與南行雁。

右花：五葉

江山如畫村煙遠。無限西風雲外雁。指遙岑，望小苑。醉葉搖紅霞片片。
似臙脂，妝素面。偷酒悄然誰見？秋色三分暗換。一山紅照眼。

左四：翟善強

白草黃花郊野遍，楓樹橋邊紅獨見。女兒裙，朝霞面。只惜妝成秋已晚。
想潯陽，仙樂餞，江冷曲終人遠。對久愁眠生幻，葉綠春宵返。

左五：陳靄文

餘暉映砌霜林晚，樹接秋來丹兩岸。夕陽斜，平楚遠，新染紅妝枝漸散。

暮蟲吟，長笛亂，穿入愁人心眼。似火流年燒遍，幾葉君休算。

右五：風清骨峻

暑風消退西風返，吹過數行南去雁。意深深，心顫顫，霜葉每紅秋爛漫。望蟾光，人不見。重九又空雙眼。夢寄丹楓一片，羞郎方寸亂。

左六：梅影

每到秋深添靦腆。待嫁紅衫鋪玉案。翰池閒，雲鬢亂。這等相思伊不管。夜痕深，容色轉。雨後飄蕭風散。一頁辛酸風剪，付與後人傳。

右七：南然

長空又見南飛雁，落木蕭蕭秋正晚。絳霞飛，斜日燦。似火山頭紅照眼。記當年，人繾綣。多少山盟誓願，霜葉詩題一片。教人心緒亂。

右八：翟善強

丹楓秋飾清江岸，江上雁過紛叫喚。似花紅，比花燦，霜裡亭亭風裡轉。蝶蜂無，思友伴，葉拂行人襟畔。情意纏綿溫婉，卻頻遭白眼。

乙丑年秋季徵詞活動（蘇幕遮・夜市）

詞牌：《蘇幕遮》
詞題：〈夜市〉
韻目：依詞林正韻第三部
左詞宗　顏崑陽先生（東華大學中文系教授）
右詞宗　楊宗銘先生（臺灣師大國文系講師）

左元：心如雪

日將沉，燈競起。商旅喧囂，一片繁華地。徹曉笙歌猶未已。塞巷填街，遊逛人相繼。碧琉璃，金翡翠。錦繡盈眸，是處鮮玩意。漸瘦腰纏終不悔。滿手豐收，盡興千般喜。

右元左四：楚颦

玉壺傾，銀漢墜。魚貫東街，熙攘盈西市。商苑如林爭薈萃。共賞良宵，鴛侶成雙對。夜微闌，聲漸碎。殘酒熏襟，卻是愁滋味。燈影欄前人萬里。露濕雲鬟，釵結丁香蕊。

左眼：逸之

廟街頭，榕樹底。月色燈光，攤檔相鄰比。來往遊人成隊鯉。辣妹型男，聯袂群嬉戲。唱新歌，嚐小食。啤酒頻斟，同笑還同醉。休管流光如逝水。莫負青春，莫負青春意。

右眼：琳瑤

暮煙迷，星夜墜。攤市通明，絡繹人潮至。各式精華圖小試。菜典迎眸，別趣巡迴際。昔親臨，今已矣。千里迢遙，未作歸南計。瞬息秋光寒似水。並燭餐餚，不及他風味。

左花右四：木甫

翠流金，紅鬧紫。冉冉霓虹，妝點繁華地。一路傳來香撲鼻，小販攤前，才是真風味。大便宜，多實惠。叫賣聲聲，笑語同喧沸。如在昇平圖畫裡，滿目琳琅，看得遊人醉。

右花：一方

彩燈張，攤檔置。小食成林，樣樣皆風味。閒逛廉銷觀賣藝，百姓如潮，喧鬧盈天地。憶童年，聽唱戲。父母攜兒，嘗串燒欣喜。今夜歸僑行故里，多少曾經，縷縷香煙氣。

左五：晏齋

客穿流，燈閃熠。可口佳餚，齒頰留香味。百貨投壺隨你意。消費多多，商販心歡喜。市將收，人欲息。寂靜無聲，大地歸安睡。垃圾殘留誰掃穢？短暫繁華，星月雲天綴。

右五：香港人

暮霞歸，燈火起。攤店毗連，況馬龍車水。豈作尋常遊旅地。各自張羅，一點蠅頭利。影梭巡，聲鼎沸。緣合供求，莫論囊中幣。沽得醇珍酬雅士。意不闌珊，不問何時寐。

新秀徵選

丁亥年夏季新秀組徵詩活動（久夏盼涼秋）

詩題：久夏盼涼秋，限上平支韻或下平尤韻。七絕。
天詞宗：蔣國樑先生（灘音吟社顧問）
地詞宗：梁雪芸女史（廣州詩詞報編委，前後浪詩社顧問）
人詞宗：吳身權先生（網路古典詩詞雅集版主）

第一名：羽靈

久夏農家見日愁，如何一雨便成秋？非關九月楓紅好，但望金波湧萬疇。

天詞宗評：恰合題意。
地詞宗評：貼題、有憂民生天下之襟抱。「如何」換作「何如」便佳。本是評選首名，因此虛字錯用，落於次名。

第二名：萩荻

額上汗珠欺我眉，炎陽久炙蝘聲衰。願將遍野茵茵綠，換取金風漫捲帷。

天詞宗評：第三句壁虎出來覓食多在晚上，它叫不叫和炎陽沒有一定關係。
地詞宗評：切題。

網海拾粹

第三名：浪子書心

黃梅雨帶暑風馳，散入幽堂亂巧思。久夏昏神多老句，梧桐葉落再研詩。

天詞宗評：用隱語表出盼秋涼，極佳！
地詞宗評：意雅。

第四名：南海布衣

炎炎夏日幾時休，午臥書齋懶應酬。短夢西江曾倚棹，金風涼透薄羅綢。

天詞宗評：金風已透涼，不合待秋涼之意。
地詞宗評：末兩句意境較佳，第二句語率。

第五名：一善

炙陽如虎在雲頭，迫我深居懶出遊。只待金風吹日濟，尋幽不負一山秋。

天詞宗評：以隱語點出題意，用法佳。
地詞宗評：自然，第二句用字太率。

第六名：真溶

煩溽長蒸萬物衰，籐床竹枕豈安怡。難如水底游魚樂，更盼西風拂面時。

天詞宗評：恰合題旨。
地詞宗評：切題、流暢、意深。

第七名：天然秀

暑熱欺人綠漲池，閑琴懶墨有誰知。心魂竟赴秋涼後，把酒清風雨賦詩。

天詞宗評：通常綠漲池形容水滿池，如水滿池可吸熱消暑，此句應再斟酌。

地詞宗評：句順意雅。

第八名：杰

草木生煙肆九州，蟬飛漏盡暑還留。人間何處芭蕉扇？日復憑窗盼到秋。

地詞宗評：切題、通暢、意厚。

第九名：璐西

總畏金流遍九州，蜩鳴老樹替生愁。何堪熱浪摧紅綠，一雨相期萬里秋。

天詞宗評：第二句是蜩藉老樹躲熱？還是老樹缺水蜩替樹哀鳴？未說清楚。

地詞宗評：立意高遠、末兩句語較自然。

第十名：浪子書心

炎陽遞次鎖高樓，冷扇搖風汗不休。昨夜雲曇推雨落，何時白帝送涼秋。

地詞宗評：寫景真實。

第十一名：羽靈

懶畫蛾眉漱洗遲，牽衣偏是日長時，如何盼到秋風至?雁字雲間寄所思。

天詞宗評：待秋涼隱於盼雲間雁，用法佳。

第十二名：非文

蟬動晚風花近樓，絲香欲飲萬杯休。嫦娥若曉人間事，月下茱萸早染秋。

天詞宗評：用典佳。

第十三名：紫晏

青龍吐焰嬉雲漢，誤擾仙宮日月儀。苦煞人間秋未意，拈杯詠月指何期?

天詞宗評：第一句不知典出何處。

地詞宗評：切題。

第十四名：琳瑤

長夏癡纏未歇時，招涼無望惹愁眉。楓林遠近千般綠，不見秋紅著點枝。

天詞宗評：以楓綠點出秋未至，高才!

雅集六週年新秀組徵詩活動（歲晚）

詩題：歲晚，限上平真韻或下平尤韻。七絕。
天詞宗：洪淑珍女史（台灣瀛社詩學會秘書長）
地詞宗：吳東晟先生（成大中文系兼任講師）
人詞宗：張韶祁先生（網路古典詩詞雅集版主）

第一名：林剛合

北斗縱橫指未真，淹留不住煞愁人。一年爭作一生計，奮發無時豈待春？

天詞宗評：有勤奮精神。困境猶更努力，足為表率。

地詞宗評：一、「淹留不住」，似無此用法。
二、「煞愁人」不成語。何不用「忒愁人」？
三、轉結句有哲思。

人詞宗評：語、意俱美，誠為佳製。首句「指未真」者，隱約而不可辨，正指歲晚，此入題之妙者；次句就題之「晚」字而來，有驚、愁之感；「一年爭作一生計」，轉驚、愁而奮發，雖歲晚而更思勤勉，豈待春至始勤奮耶？

第二名：心如雪

世事紛繁絆此身，依然舊夢付煙塵。秋容暗換瑤瑛降，驚覺年華不待人。

天詞宗評：娓娓訴說，描述憂煩，令人深有同感。

地詞宗評：一、自然。

二、四句中雖只第三句秀出，然此句尚足以庇胤另外三句。

三、今歲大陸苦雪。「瑤瑛降」一語亦可算是切事。

人詞宗評：起、承、結三句，皆所感慨者。平穩。

第三名：拾荒樵夫

歲末霜寒望早春，一生諸事不由人。繁華洗盡空存夢，卻見珠芽已再伸。

天詞宗評：「卻見」若易為「喜見」當更好。

地詞宗評：一、「不由人」似為「總由人」之誤。

二、「繁華」似指年少輕狂事。果如此，則「繁華」未足以稱輕狂。

三、末句有寓意。

人詞宗評：結構頗特出。起句言歲末望春早至，結言珠芽已伸，從「望」、「見」二字著筆；二、三句則歲晚之思，有身世不遇之感；而空存一夢似已絕望，「卻見」嫩碧如許，知其猶有望也。

佳作：秋陽

望遠家鄉樓上樓，入杯花影淡春秋。東牆今早翻新曆，一夜千山急白頭。

地詞宗評：一、首句俗。
二、二句纖。「淡春秋」不成語。
三、末句妙。

人詞宗評：千山一夜白頭，祁寒之至，新曆今翻，舊曆已到末尾，此雖皆言歲晚，而全詩亦止於此，蓋前二句、後二句間，詩意略無關涉。

佳作：秋陽

再醒天晚夢非真，掛眼陳牆日曆新。照水冰心遺一潔，暗香盈袖浣輕塵。

地詞宗評：一、此詩似出於老手，惟首句「再醒天晚」四字不似。
二、二句甚佳。兼賅新雅，形象生動，有詩意。

人詞宗評：轉結詞雅。唯首句費解。次句以下，歲晚所見，然未能就「歲晚」之「意」著筆。

佳作：璐西

臘鼓催人選票勾，分明亥子意悠悠。渾天晦氣皆拋盡，靜賞魁花解我愁。

地詞宗評：一、有寓意。「分明亥子」語意多重。
二、魁花不知何意，其花魁乎?其花魁而不欲人知、故改稱魁花人詞宗評：雖欲綰合歲晚時事，惜乎筆墨情懷略遜。次句未明所指，轉句略直。乎？抑他者耶？

佳作：杰

復到年關夜上樓，紛紜時局幾添憂。風煙入望終難復，兩岸何時認九州？

地詞宗評：流於直講。

人詞宗評：感慨遙深，結構儼然。首句入題，著一「復」字，預作下文伏筆，全詩亦由此噴薄而下；次句，「夜上樓」之由也；轉句「風煙」複上「紛紜時局」，「望」複上「上樓」，「復」字正與首句相應，年可復而時局難復，凡此正是此詩佳處；結句再寫時局一筆，唯「時」字重出，未見其妙處，惜白璧微瑕矣。

佳作：心如雪

才記春風拂面柔，已然飛霞歲將休。深期世亂塵埃定，明載清流繞廓流。

天詞宗評：述懷之作，願景可期。

地詞宗評：一二句略具流動之致，三句流於直講。「明載」改為「明歲」何如？

人詞宗評：「才記」、「已然」，兩句間謂一歲何其速也；轉句稍覺突兀，「深期世亂」可酌；結句「清流繞廓流」之意頗佳。

戊子年夏季新秀組徵詩活動（螢）

詩題：螢，限上平十灰、下平八庚。七絕。
天詞宗：武麗芳女史（新竹市東區區長、玄奘大學兼任講師）
地詞宗：賴欣陽先生（台北大學中文系兼任助理教授）
人詞宗：陳耀東先生（網路古典詩詞雅集版主）

天詞宗總評：

詩的用典與白描各有千秋，絲毫勉強不得；詞語的倒裝也必須注意，不能因平仄而遷就，亦不能不合情理；而聲韻的和諧，實有助於詩律音節的抑揚頓挫，萬不可輕忽，空靈飄逸之古典詩，並不容易做到，但詩的神韻必需真、必需切，是要守得住的。

地詞宗擬作：螢

山巔水畔自徘徊，依草流光去復來。疑是銀河隨雨墮，化成點點世間哀。

元：浪子書心

野徑無人自在行，螢光雖小四鄰清。常邀遠月依山睡，不與華燈鬥夜明。

天詞宗評：建議「遠」可改為「皎」字。

地詞宗評：人螢雙寫，作者風骨，宛然紙上。「鬥」字用得好，野徑之自在與塵世之爭逐，著此一字，自然令人有所省悟。「依山睡」尚可推敲，使句意更吻合篇旨。

人詞宗評：整體看來雖通順，但螢以暗夜放光為重點，此處轉結則未盡合宜，可惜。

眼：冬夜

夜讀窗前對太清，嘗思草岸火蟲明。囊光一束從車胤，千載書香身後名。

地詞宗評：自期於古人，亦可見其志矣。

人詞宗評：一、此為讀書人之作無疑。多讀書必能累積文采。
二、「火蟲」一詞稍覺突兀，畢竟名詞盡量不要簡略為宜。
三、轉結落入窠臼，不能別開生面，為可惜之處。

花：或躍在淵

誰留紅葉題詩在？莫謂痴人獨自哀。斜月映窗移舊影，螢燈無語照青苔。

地詞宗評：無一語著怨，而怨情自見於文字之外。無語之螢燈伴哀愁之痴人，亦可見形影相弔之寂寞。結句以「青苔」點出孤寂之情，含蓄有味。

人詞宗評：紅葉良媒是另一個典故，與螢主題合用恐不恰當，作詩應有一中心主題，起承轉結應環繞主題而轉，勿旁生枝節。

四：非文

小扇臥涼門半開，庭深草動幾螢徊。孩童初見奇相問，笑道星辰月下栽。

地詞宗評：後二句設想甚佳，造境亦鮮明可喜，宛然如對面相見。「幾螢徊」可以再加修飾，「月下栽」亦宜斟酌。

人詞宗評：一、別開生面，有趣。

二、末句押韻「栽」此字意為種植，用於不動之物或可，用於飛動之物則失其趣味。

五：葉彤

流光點點草間明，如影迷離似夢輕；一自囊中曾照字，騷人著句總關情。

地詞宗評：用「如影迷離」來形容螢，似未洽，當再推敲。如夢之輕螢，能藉文字而傳，亦見其重矣。後二句佳。

人詞宗評：一、轉句用的是車胤囊螢照書的典故。

二、整體通順無病。

三、雖然車胤囊螢照書是個騙局，但引人入勝也是事實。

六：螢形

草化星飛莫漫猜，流光的歷自徘徊；前身合是尋詩客，露濕風涼趁夜來。

地詞宗評：首句設想佳妙。第三句太露，含蓄一點，更耐咀嚼。

人詞宗評：一、首句入古人以為螢仍腐草所化之典故。

二、結句「露濕」「風涼」擇其一即可。

七：天然秀

月上東山夜色清，幽屏燭影伴秋聲。臨窗螢火知人意，漫扣雲紗舞太寧。

人詞宗評：一、輕靈動人。

二、除非停電否則今人不得不用「燭」照明。現代人當以現代事入詩，「燭」字可改「燈」，以顧及當代事物。

八：心如雪

體小輝微不自輕，林幽草際識光明。當窗願作書生燭，夜伴歸人更有情。

天詞宗評：建議「窗」可改為「空」字、「書生」可改為「窗前」。

人詞宗評：一、「當窗願作書生燭，夜伴歸人更有情」，由書生跳躍到歸人，轉結不夠連續。

二、深宵伴讀豈非更有情？僅供參考。

九：萩荻

天星謫世不分爭，餐露凌虛自有情，燃腹示君深可表，欲教肝膽照分明。

人詞宗評：一、富有於寓意，以天星謫世比作螢火蟲，有新意。

二、「燃腹示君深可表」好句。

十：非文

風騷夜裡似多情，野闊熒光數未清。倚月學來明慧眼，好將黑白辨分明。

天詞宗評：建議「熒」字可再推敲。

人詞宗評：一、通順流暢。

二、以物擬人，深有寄意。

雅集七週年新秀組徵詩活動（相見歡・逢故人）

詞牌：相見歡，詞題：逢故人。詞韻限第二部（江陽）。
左詞宗：朱紹昌先生（波城（波士頓）嶺南詩會會長）
右詞宗：李正發先生（網路古典詩詞雅集版主）

左元：楚顰

相逢如沐春光，理妝忙。驚擾彩雲飛下滿庭芳。　離別後，安然否？最牽腸。偷怨歡娛偏惹淚成行。

左詞宗評：此詞有奇思妙想，頗有新意。如能把『偷怨』改成『暗怨』則更為婉約。

右詞宗評：點題較不明確。

右元左眼：木甫

經年一別重洋，客愁長。今夕有緣相聚熱中腸。　幾欲語，卻猶豫，問家鄉。又怕聽來消息惹思量。

右詞宗評：上片點題。下片「問鄉情怯」，惹人思量，至於怕聽來何種消息，除作者自知，亦能引發讀者各有不同想像空間，耐人尋味。

右眼：心如雪

今宵萍聚成雙。憶同窗。攜手踏春無限好時光。一世友。陳年酒。永醇香。任是江南江北舊情長。

右詞宗評：上片點題、憶昔，毫不費力。友情似陳年老酒，更見綿長，可以想見彼此重逢之喜。

左花右花：練習生

數年音信茫茫。黯思量。酒會文期難料惱參商。喜今夜。燭光下。共壺殤。醉眼笑談潘鬢轉秋霜。

右詞宗評：上片言昔別之惱，下片言今逢之喜，喜中又有韶華難留之嘆。「殤」字應為「觴」字誤植。

左四：淩雲

春江依舊斜陽。燕飛翔。已是黃昏今夜沁清涼。月光照。倆相笑。適歸鄉。世事因緣難料任紛狂。

右詞宗評：點題較不明確。

右四：晏齋

昔時一別釁窗。各飛颺。點點舟航揮手意徬徨。再聚首。訝於口。熱肝腸。歡暢盃觥言道莫相忘。

右詞宗評：上片言昔別，下片言重聚，「訝於口」三字將重逢之情緒表達得甚為生動。

左五：或躍在淵

秋聲盡日吹涼。菊花黃。歸雁影中攜客過他鄉。淹留地。酒多置。話行藏。屈指十年蓬鬢染蒼蒼。

右詞宗評：點題較不明確。

右五：練習生

當年出入成雙。媲鴛鴦。怎奈塵緣相誤歎無常。音信斷。夢魂散。九迴腸。今日重逢歡聚醉何妨。

右詞宗評：所逢者應為昔日戀人，無奈之情躍然。「重逢歡聚」可再精煉。

己丑年夏季新秀組徵詩活動（舊夢）

詩題：舊夢，七絕，四支或十一尤韻。
天詞宗：張麗美女史（台灣《中華詩壇》總編輯）
地詞宗：賴欣陽先生（台北大學中文系兼任助理教授）
人詞宗：李皇志先生（網路古典詩詞雅集版主）

評分方式：每位詞宗依照〇到十分給分（可以給同分），以總分決定名次，總分相同者以天詞宗給分較高者列為較高名次。本次徵詩收稿二十二首，取前八名。

人詞宗總評：

舊夢之題難在必須切合舊與夢二意也，故有思舊而非夢者，亦有寫夢而非舊者，大抵言黃粱一夢、人生如夢之類也，故不能允為切題也。或寫寤寐而浮現往事，或寫故人重見、故景重遊，方喜方悲時，忽然消失，或者驚醒，則不直言夢而有夢矣。如寫舊情，而無人事景物者，則虛寫也，不易突顯舊字。寫有題之詩如寫作文，切題為要，文采從之則譽高，若不切題，縱情感真摯，辭章煥然，終不能甚賞，故寫有感之詩，後乃定題，眾以為易；寫有題之詩，循以定詞，眾以為難，難在審題立意、切合題旨，又能有所新意、驚人之句也，多寫多想，進步必神速矣。

第一名：玲玲

前塵往事逝難追，今日方思已覺遲。天地無情人易老，夢迴午夜恨當時。

天詞宗評：前塵往事點明舊，已覺遲也點明舊，人易老也點明舊，所有的舊事全化作漫漫不知止盡的今日之夢，此詩新夢舊事，將題目別樹一解。唯承句「思」字犯大韻，終是有礙音韻，新手難免，自當謹慎。

人詞宗評：情感充沛，有舊有夢，逝與方字可再斟酌。

第二名：晏齋

寤中猶記黯分離，縱酒忘情空醉時。彎月怎勾山海怨，怔忪斗換又星移。

人詞宗評：先寫夢，再點舊，然所夢為何？

第三名：建民

零星燈火暗生愁，《斷點》歌聲唱未休。舊路依稀傷別處，雁過人去夢中留。

天詞宗評：句句不離舊和夢，而夢就在《斷點》歌中。新人文融入詩中，能使人詞宗評：有點出舊，亦寫出夢，惜未能對就事稍加描述，可惜！詩的生命萬古常新，喜歡此首詩扣題手法的高明，用新歌曲來相互呼應，極為細膩纏綿。

第四名：紫柔

前塵往事幾多思，長語羈懷無計時。縱是芳心向春盡，人間誰與我儂詞？

天詞宗評：整首清新流暢，用前塵扣出舊夢，雖不寫舊夢，而舊夢在其中，尤其結句人間誰與我儂詞，深深打動我心。「向春盡」使用拗句，用字有味。「無計時」音律上嫌缎練未工，但詩意足，（第五字雖可平可仄，但若未調度得宜，在音律上總是不美，可以再斟酌。）仍評入前茅。

人詞宗評：思舊有之，言夢無時。

第五名：璐西

一簾明月舊時遊，猶照羅衾夢裏鉤，半醒半酣追往事，消磨壯志使人愁。

天詞宗評：夢裏鉤用的太險，讓人有勉強用韻的感覺，唯仍帶三分雅意。轉句是漂亮地，加油。

人詞宗評：月勾夢有創意，可惜前面為明月，如為新月殘月則好，第三句若實寫更佳。

網海拾粹

第六名：璐西

每從相片溯當時，搦管難描舊日詩，癲語疏狂浮夢老，西窗明月笑愚痴。

天詞宗評：疏狂少年成舊事，老來思起，別是一番滋味在心頭，人世唯有情事，是使人寧為愚痴不作清醒。立意甚佳，措詞可再提昇，例如起句是文章句，非詩句，可由此處鍛鍊，能更上層樓。

人詞宗評：念舊之意明，然此處夢應非指作夢，當指人生，故未允於題切甚也。

第七名：非文

詩卷曾經多少秋，憐吾殫墨意難休。少年夢似江河水，長使胸中萬里流。

天詞宗評：此詩不搭配詩題，「舊」有老舊或過去式的氛圍，如此澎湃的豪氣，似乎格格不入。此題若是秉志或立身之類的題目就合了。

人詞宗評：有感情，譬喻亦佳，然可惜不切題。

第八名：輝輝

韶華荏苒驚殘夢，昨夜星辰今夕移。縱使來年分咫尺，怎堪揮劍斷情絲？

天詞宗評：一、轉結頗佳。

二、今夕移是新手的不老練處，第五字在音律上相當重要，「一三五不論」是須活用調節用，不可馬虎帶過。若能兼重格律聲韻的藝術，未來詩路不可限量。

人詞宗評：有夢而未舊，咫尺言近也，故分咫尺不通順也。

雅集八週年新秀組徵詩活動（待春來）

詩題：待春來，七言絕句，限上平八齊或下平七陽韻。
左詞宗：李佩玲女史（網路古典詩詞雅集前版主）
右詞宗：吳俊男先生（網路古典詩詞雅集版主）

右詞宗總評：

凡下筆必先審題，題為「待春來」，下筆必扣「待春」二字，若直寫春景，而無「待」意，可謂離題矣。作詩首求通順，蓋語順則意達，字穩則句通也。遣詞用字若能妥貼，方求奇字奇句。絕句四句中，後兩句實乃關鍵處，詩之高下往往判於此，宜謹慎經營。

左右雙元：梨花帶雨

久處深冬不自傷，常懷雅意訪寒塘。深知春韻高難問，獨待梅梢詩眼張。

左詞宗評：詩意幽雅，結句有味。
右詞宗評：通首用字平穩，鋪句通順，結句以「詩眼」喻「花」頗有新意，兩「深」字意雖不同，若能避之則更佳，建議「深冬」改為「寒冬」，「寒塘」改為「林塘」。

左眼右五：雲想

隔窗寒雨草淒淒，遠近空枝無鳥啼。何日青陽萌麗影，復看蜂蝶舞花蹊。

左詞宗評：轉結順暢。

右詞宗評：首句稍滯，次句「空」與「無鳥」費字矣，宜去「空」字，結尾二句藏題意，頗見巧思。

右眼左花：晏齋

瑟縮天寒馬凍嘶，蕭條景氣苦低迷。但期冬盡開桃李，翠柳輕揚燕啄泥。

左詞宗評：切題，唯現代日常罕聞馬嘶，此處嫌不符實情。

右詞宗評：前二句能將經濟現況與天寒意象結合，結尾二句巧避題面字，以意象傳春天景況，亦隱含景氣轉好之意，頗見巧思，惜首句「馬凍嘶」用語略不穩。

右花：琳瑤

陰寒凝滯倩誰題，縱有溫陽望已低。但願春風能守信，復來墟里染山溪。

右詞宗評：首句前四字與後三字語意未貫，次句「已」改為「亦」較順，後二句頗有詩意，尤以結句為然。

左四：悠悠齋

屈指東風送鳥啼，草芽偷綻點山蹊。胸中細琢新詩句，留得陽和社日題。

左詞宗評：首句詩意略嫌不清。

右四：雲想

荏苒空山臘底光，捎徠暖氣逗林塘。清心直候添新景，再聽花間燕語長。

右詞宗評：首句稍滯，「添新景」不如「新春景」語順。

左五：筱薙

草凋花褪本深泥，冬盡欣聞雪化澌。猶盼東風添紫綠，一新大地燕鶯啼。

左詞宗評：文句稍拙，可再修潤。

庚寅年夏季新秀組徵詩活動（植樹）

詩題：植樹，七言絕句，限五微韻或一先韻。
天詞宗：張允中先生（詩人、小說作家）
地詞宗：陳佳淩女史（高雄縣福誠高中圖書館主任）
人詞宗：吳身權先生（網路古典詩詞雅集版主）

地詞宗總評：

諸君之作，無論用詞用典，均在水平之上，正可謂後生可畏也。

人詞宗總評：

隨著大家的進步，有資格參加新秀版徵詩的人越來越少，但是新秀版徵詩絕對不可廢，因為還有陸陸續續的新學者的加入，「用字雅、扣題準、立意新」是我認為初學者作詩習詩的方向。

第一名：弄潮兒

掘破層層土石堅，水華輕灑意涓涓。驅蟲殳草殷勤甚，待得清新不費錢。

天詞宗評：工穩湊貼，末句一筆盪開，自見雅意．唯首句稍覺誇張，尚可修改。

地詞宗評：清新可人。

第二名：玉反

植柳澹心堪入聖；養梅效節尚親賢。自知俗客煙霞僻，只解青苗護碧天。

天詞宗評：也是一首環保詩，但煙霞癖略覺費解，而且青苗一般指稻子而非樹。

地詞宗評：用詞典麗，逸趣盎然。

辛卯年夏季新秀組徵詩活動（夏夜）

詩題：夏夜，七言絕句，平聲韻任選。
天詞宗：賴欣陽先生（台北大學中文系兼任助理教授）
地詞宗：鄭中中女史（網路古典詩詞雅集版主）
人詞宗：李正發先生（網路古典詩詞雅集版主）

天詞宗總評：

此次新秀組徵詩，稿件明顯少了，令人喜憂參半。喜的是詩友們大多技藝精熟，故不須於此鍛鍊矣；憂的是欲入門學習古典詩者漸趨寂寥，詩國將乏新血。然則此或古典詩於當代之運會乎？

來稿九首，大多合於格律，然猶有生硬甚至不詞處。如「日付青春」、「浸暑溫」、「凝將熟夢」、「滴答跟」、「輾轉攻」、「欲天明」……等等，宜於下筆之際或成篇之後多行推敲，詩藝必進。而有些作品並未扣緊題中「夏」字，如云蟬則曰「幾響」、「二三聲」，雖頗具風致，然宜用以寫入秋情景，於題意之掌握不免稍遜其他諸篇。諸詩寫夜，大多欲突顯詩中人物不眠，亦頗有取黎明之前情景造境者；然於夜景則未能突顯，或只是略為交代。此亦宜多推敲者。

此次徵詩所收作品大體來講頗有進步，亦有相當成熟者。前段所述，皆屬白璧微瑕，略為推敲即可避免。願各位詩友共勉之。

人詞宗總評：

「夏」與「夜」都包含有時間的概念，因此入題要先確切的點出時間點，再推及這個時間中所發生與經歷的事件。這次的徵詩作品中除了遣詞稍嫌生澀，另有「意象」掌握不夠精準的問題。文學中的意象未必都與現實切合，例如，現實中一年四季都能見到桂花、菊花，但在詩詞中寫到桂、菊通常都在描寫秋天。在詩詞中「露、流火、蛩、牛郎」所被賦予的意象都與秋天有關。詩題既為夏夜，所描寫的事物，須能清楚的呈現出「夏」的意象，才不致於使讀者解讀錯誤。也許在現實中，夏天可以看到流螢，聽到蛩唧，但是在文學的創作中，考量的不單單是對現實的描寫，仍需顧及該事物所給予的聯想。

第一名：奔風行

新月半彎澆酒腸，蟬聲幾響伴書香。塵憂對此皆拋卻，道是風清好納涼。

地詞宗評：以新月蟬聲書香拭去塵憂，安排納涼的悠閒景象作結，感覺很有章法。

人詞宗評：「澆酒腸」突兀，與前四字難連貫。

第二名：非文

虛窗小扇攬風清，書海浮沉到五更。偶見詩中精妙處，蛩蟬還喚二三聲。

地詞宗評：夜讀消暑屬雅事也，偶悟詩中妙處，有蟬戚戚相應，設想亦奇。

人詞宗評：點題不夠明確，蛩是秋天的意象。

第三名：拾荒樵夫

農閒說故晚風清，仰望星光燦眼明。蒲扇輕揮螢影動，悠恬不覺過初更。

天詞宗評：寫出農家悠閒生活。

地詞宗評：一幅農家夜景躍然紙上，堪稱佳構。

人詞宗評：「說故」一詞太過簡省。

網路古典詩詞雅集歷史記事（二〇〇二～二〇一二）

二〇〇二

02/06

壬午年上元節，網路古典詩詞雅集創設。創始會員：李德儒、南山子、卞思、子惟、維仁、望月、碧雲天、小發、子衡、寒煙翠。內容包含詩薈、詞萃、新秀鍛鍊場、詩詞小講堂等四個單元，以及南山詩社、興觀網路詩會兩個詩學組織。

06/25

子惟退出版主群。詩薈版主改由維仁、卞思擔任，詩詞小講堂版主改由由子衡、風雲擔任。

07/11~07/21

雅集首次徵詩活動（詩題：瓶花，七言絕句，平聲韻不限韻目。）

07/13

系統更新至 PHPBB 2.0 正式版。

07/28

於台北市南京東路「喫茶趣」舉辦第一次網路古典詩詞雅集半週年慶祝大會。會中計有羅尚、張國裕、莫月娥三位前輩泣臨指導，以及數十位雅集會員和本雅集所有管理團隊成員全數出席（除海外不克出席者）。

08/04~08/11
壬午秋季徵詩（詩題：飲酒，五言律詩，平聲韻不限韻目。）

09/01
新增藝文訊息告示板「藝誥」。

11/10~11/30
壬午冬季徵詩活動（題目：車票，七絕，下平一先韻。）

二〇〇三

01/12~02/10
雅集週年慶徵詩（詩題：羊歲抒懷，七言絕句，平聲韻不限韻目。）
雅集週年慶新秀鍛鍊場組徵詩（詩題：清晨，七言絕句，平聲韻不限韻目。）

02/23
雅集創立一週年紀念詩集《網川漱玉》出版。

02/23
於台北市師大路「耕讀園」舉辦網路古典詩詞雅集創立一週年慶祝大會。會中邀請羅尚、張國裕、莫月娥、林正三四位前輩蒞臨指導。

03/09~03/31

癸未春季徵詩（詩題：感春，七言律詩，上平十灰韻）

03/11
下午至午夜間，雅集主機遭受攻擊，致網站無法進入，稍遲方修復。

07/02~07/15
癸未夏季徵詩（詩題：橋，五言絕句，下平六麻韻）

07/22~08/04
雅集一週年半網聚活動徵詩（詩題：夜歸，七言絕句，下平聲二蕭韻。）
雅集一週年半網聚活動新秀鍛鍊場組徵詩（詩題：冷氣機，七言絕句，平聲韻不限韻目。）

08/24
於台北市師大路「耕讀園」舉辦網路古典詩詞雅集創立一週年半慶祝大會。會中邀請羅尚、張國裕、莫月娥、林正三、劉清河五位前輩蒞臨指導。本次大會參與人數高達四十八人，人數為雅集網聚有史以來之最。

09/01
「南山詩社」改名為「編珠」，係收編網客投於雅集之精華專區。收編乃「詩薈」、「詞粹」、「新秀鍛練場」各版版主初選，次由南山子復覈詮定，並以電子報刊布。

10/08
李微謙加入版主群。

10/09~10-31
癸未秋季徵詩（詩題：臺員篇，七言古詩，東韻（通冬韻）一韻到底。）
癸未之秋新秀鍛鍊場徵詩（詩題：秋望，七言絕句，平聲韻不限韻目。）

10/23
雅集版主輪替：
詩薈：維仁、藏舍主人
詞萃：小發、風雲
新秀鍛鍊場：李德儒、李微謙
編珠：南山子
詩詞小講堂：碧雲天、寒煙翠
藝誥：望月
留言版：子衡、卞思
網管：風雲、子衡

12/07~12/24
癸未冬季徵詩（詩題：冬雨，五律，四支韻）
癸未冬季新秀鍛鍊場組詩鐘競賽（題目：冬雨二唱）

二〇〇四

01/19~02/08
雅集兩週年慶徵詩活動（詩題：客來，七言律詩，限平聲七陽韻）
雅集兩週年慶新秀鍛鍊場組徵詩活動（詩題：寒流夜讀，七言絕詩，不限韻。）

02/29
於台北市敦化南路「喫茶趣」舉辦網路古典詩詞雅集創立二週年慶祝大會。會中邀請羅尚、林正三兩位前輩泣臨指導。

03/01
雅集甲申年春季徵詞活動（詞題：春曉，采桑子，不限韻。）

06/14~07/25
甲申夏季雅聚徵詩（詩題：看海，五言律詩。平聲八庚韻。）
甲申夏季雅聚新秀鍛鍊場組徵詩（詩題：戲浪，七言絕句，不限韻。）

07/15
於台北市師大路「JoJo 餐廳」舉辦網路古典詩詞雅集創立二週年半慶祝大會。會中計有羅尚、張國裕、莫月娥、林正三四位前輩泣臨指導，並邀請淡江大學中文系教授呂正惠演講，討論古典詩與現代詩及現代人之間的關係。

09/12
壯齋、儒儒加入版主群。

09/12

雅集版主輪替：

詩薈：卞思、風雲、壯齋

詞萃：望月、碧雲天、儒儒

新秀鍛鍊場：德儒、微謙

詩詞小講堂：小發、藏舍

藝誥：維仁、寒煙翠

留言板：子衡

網管：子衡、風雲

09/12~11/22

甲申秋季徵詩（詩題：昔遊。五言排律，限平聲七陽韻，至少八韻（十六句）。）

10/02

關閉「興觀網路詩會」單元，單元內原有之資料，除部分刪除外，其餘分別移至「詩薈」、「詩詞小講堂」、「留言板」三單元內。

二〇〇五

01/31~02/27

雅集三週年慶徵詩（詩題：夜坐。七言律詩，限十一真韻。）

雅集三週年慶新秀鍛鍊場組徵詩（詩題：憶故人。七言絕句，限一先韻。）

02/09

更新系統至 PHPBB 2.0.11，加入 RSS 訂閱機制。

02/27

於台北市師大路「耕讀園」舉辦網路古典詩詞雅集創立三週年慶祝大會。會中邀請羅尚、林正三兩位前輩泣臨指導，彰化國學會總幹事王宥清先生亦熱情參與。即席創作詩鐘「風雨」三唱。

03/01

南山子、子衡退出雅集版主行列

雅集版主輪替：

詩薈：卞思、李微謙

詞萃：望月、儒儒

新秀鍛鍊場：李德儒、藏舍主人

編珠：小發

詩詞小講堂：壯齋

藝誥：維仁

留言版：風雲

網站管理：維仁、風雲

03/04

系統更新至 PHPBB 2.0.13

04/20~06/16

雅集乙酉年春季徵詩活動（詩題：讀詩，七言絕句，限平聲六麻韻。）

07/08~08/14

雅集三週年半徵詩活動（詩題：晌午，七絕，限下平聲八庚韻。）

雅集三週年半新秀鍛鍊場組徵詩活動（詩題：夏日，七言絕句，限上平十五韻，自由擇韻。）

08/01

雅集發行紀念書籤兩套。一套七言絕句十張，另一套為七言律詩十張。作者包括李德儒、卞思、望月、碧雲天、小發、壯齋、風雲、儒儒、李微謙、維仁。

08/14

於台北市師大路「耕讀園」舉辦網路古典詩詞雅集創立三週年半慶祝大會。會中邀請羅尚、林正三兩位前輩蒞臨指導。即席創作七言絕句〈雅集〉。

09/01

藏舍主人退出版主群。故紙堆中人加入版主群。

雅集版主輪替：

詩版：維仁，故紙堆中人

詞版：小發，寒煙翠

新秀鍛鍊場：李德儒，碧雲天

留言版、網管：儒儒

藝詰、網管：風雲
編珠：卞思
詩詞小講堂：壯齋
本期輪休：望月，微謙

09/14

嗞琀加入版主群。

09/19~10/09

雅集乙酉年秋季徵詩活動（詩題：聽雨，五言古詩，限下平聲十一尤韻。）

二〇〇六

01/05~01/20

雅集四週年徵詩活動（詩題：風，五言律詩，限平聲韻，唯投稿一首以上者，各詩韻部不得重覆。）
雅集三週年半新秀鍛鍊場組徵詩活動（詩題：魚，五言絕句，自由擇韻。）

02/19

於台北市師大路「耕讀園」舉辦網路古典詩詞雅集創立四週年慶祝大會。並邀請羅尚、林正三、笠雲生、凡溪、寶玉五位詞長蒞臨指導。會中有李德儒、嗥月者、落梅三位來自美洲大陸的貴客。即席創作七言絕句〈有朋自遠方來〉。

03/01
雅集版主輪替：
詩薈：壯齋、故紙堆中人、小發
詞萃：嗞玲、望月
新秀鍛鍊場：李德儒、竹塘立影
編珠：維仁
詩詞小講堂：寒煙翠
網管兼留言版：李微謙
網管兼藝誥：儒儒
總務：碧雲天
輪休：卞思、風雲

03/12
卞思、嗞玲退出版主群。

03/24~04/07
雅集丙戌年春季徵詩活動（詩題：雨後，七言絕句，限上平聲十三元韻。）

04/19
雅集版主輪替：
詩薈：故紙堆中人、小發
詞萃：望月、壯齋

07/05~07/16

雅集四週年半徵詩活動（詩題：聞蟬，五言絕句（今絕），限平聲五歌韻。）

雅集四週年半新秀鍛鍊場組徵詩活動（詩題：晨起，七言絕句，限上平四支或下平十一尤韻，但投稿兩首者，需分用二韻。）

08/13

於臺北市師大路「小羊兒」舉辦網路古典詩詞雅集創立四週年半慶祝大會。並邀請羅尚、張國裕、莫月娥、林保淳四位詞長蒞臨指導。余詠纓、黃明輝兩位詞長亦特別與會。

09/01

雅集版主輪替：

詩薈：風雲、壯齋

詞萃：儒儒、故紙堆中人

新秀鍛鍊場：李德儒、竹塘立影

編珠：小發

詩詞小講堂：維仁

藝詰兼網管：李微謙

留言版兼網管：望月

總務：碧雲天

09/18
雅集丙戌年秋季徵詞活動（詞題：桂花，鵲橋仙，不限韻。）

10/31
新秀鍛鍊場版主竹塘立影自請退休，由寒煙翠版主接替。

11/15
樂齋加入雅集管理團隊

二〇〇七

01/13
子衡、五葉詞長加入雅集管理團隊

01/20
丙戌年冬季暨五週年慶徵詩（詩題：野望，七言律詩，限上平一東、下平十二侵（任選一韻，投稿二首需分用二韻）。）
丙戌年冬季暨五週年慶新秀鍛鍊場組：（詩題：晨步，七言絕句，限下平一先、下平八庚。（任選一韻，投稿二首需分用二韻）。）

03/04
丁亥上元節，於台北市師大路「耕讀園」舉辦網路古典詩詞雅集創立五週年慶祝大會。

03/10

雅集版主輪替：

詩薈：五葉、樂齋

詞萃：儒儒、故紙堆中人

新秀鍛鍊場：李德儒、碧雲天、子衡

編珠：風雲

詩詞小講堂：壯齋

藝誥（兼網管）：維仁

留言版（兼網管）：望月

本期輪休：小發、李微謙、寒煙翠

03/14~04/07

雅集丁亥年春季徵詩活動（詩題：春夜，五言律詩，限上平六魚、下平七陽韻，但投稿兩首者，需分用二韻。）

07/17~08/15

雅集五週年半徵詩活動（詩題：雷雨，七言絕句，限上平八齊或下平七陽韻，但投稿兩首者，需分用二韻。）

雅集五週年半新秀鍛鍊場組徵詩活動（詩題：久夏盼涼秋，七言絕句，限上平四支或下平十一尤韻，但投稿兩首者，需分用二韻。）

08/26

網路古典詩詞雅集2002夏季至2007春季（壬午首次至丁亥春季）古典詩詞詩鐘徵選活動精選集《網雅吟選》出版。並於臺北市師大路〔耕讀園〕之〔快雪時晴齋〕舉辦雅集五週年半聚會暨《網雅吟選》新書發表會。並邀請張國裕、莫月娥、黃鶴仁三位詞長蒞臨指導。會中除一般吟唱外，並有羽靈詞長彈古琴、樂齋詞長舞劍、和亭詞長表演敦煌舞。

09/01

雅集版主輪替：

詩薈：微謙、故紙堆中人、樂齋

詞萃：五葉、小發

新秀鍛鍊場：李德儒、子衡

編珠：風雲

詩詞小講堂：壯齋

藝諠（兼網管）：維仁

留言版（兼網管）：儒儒

總務：碧雲天

輪休：望月、寒煙翠

09/10~09/25

雅集丁亥年秋季徵詞活動（詞題：秋楓，應天長，限《詞林正韻》第七部。）

二〇〇八

01/04~01/24

雅集六週年徵詩活動（詩題：《西遊記》中任擇一人，七言律詩，限上平四支或下平七陽韻，但投稿兩首者，需分用二韻。）

雅集六週年新秀鍛鍊場組徵詩活動（詩題：歲晚，七言絕句，限上平十一真或下平十一尤韻。）

02/17

於臺北市衡陽路「喫茶趣」衡陽店舉辦雅集六週年聚會，並邀請張國裕、莫月娥、徐世澤三位詞長蒞臨指導。

03/01

雅集版主輪替：

詩薈：五葉、故紙堆中人

詞萃：風雲、樂齋

新秀鍛鍊場：李德儒、子衡、小發

編珠：李微謙

詩詞小講堂：壯齋

藝諧兼網管：維仁

留言板兼網管：儒儒

總務：碧雲天

技術：望月
輪休：寒煙翠

03/04~04/02
雅集戊子年春季徵詩活動（詩題：煙火，五言律詩，限上平十四寒、下平十一尤韻，但投稿兩首者，需分用二韻。）

06/01
雅集主機於淩晨發生事故，翌日下午方修復。

07/06~07/20
雅集戊子夏季徵詩活動（詩題：七夕，七言絕句，限上平七虞或下平七陽韻，詩中不可出現「七」、「夕」二字。投稿兩首者，需分用二韻。）
雅集戊子夏季新秀鍛鍊場組徵詩活動（詩題：螢，七言絕句，限上平十灰或下平八庚韻。）

07/13
雅集徵稿活動改以雅集私人訊息投稿，並限定投稿格式。

08/24
於臺北縣板橋市南雅東路「逸馨園」舉辦雅集六週年半聚會，並邀請莫月娥詞長蒞臨指導。風雲詞長於席間向掬心詞長求婚成功，與會人員即席賦詩慶賀。會中和亭詞長亦帶來新的敦煌舞。

09/02
望月退出雅集管理團隊。
09/03
雅集版主輪替：
詩薈：微謙、樂齋
詞萃：五葉、子衡
新秀鍛鍊場：李德儒、故紙堆中人
編珠：小發
詩詞小講堂：風雲
藝誥（兼網管）：維仁
留言版（兼網管）：儒儒
總務：碧雲天
輪休：壯齋、寒煙翠
09/16
新增客座版主。一善、杰擔任新秀鍛鍊場鍛練場客座版主。
10/15~11/02
雅集戊子年秋季徵詩活動（詩題：圖書館，七言律詩，限上平七虞或下平一先韻，但投稿兩首者，需分用二韻。）

二〇〇九

01/21~02/07
雅集七週年徵詩活動（詩題：照相機，七言絕句，不限韻，但投稿兩首者，需分用二韻。）

雅集七週年新秀鍛鍊場組徵詞活動（詞題：逢故人，相見歡，限第二部（江陽）。）

02/22
於臺北縣板橋市南雅東路「逸馨園」舉辦雅集七週年聚會，並邀請劉榮生詞長蒞臨指導。天之驕女詞長致贈與會者唐裝乙件，筱雅為上午與會人員拍攝團體照，南山子詞長當眾揮毫。

03/01
雅集版主輪替：
詩薈：子衡、維仁、儒儒
詞萃：小發、樂齋
新秀鍛鍊場：李德儒、風雲
編珠：五葉
詩詞小講堂：壯齋
藝誥兼網管：李微謙
留言版兼網管：故紙堆中人
總務：碧雲天

一善、杰卸任新秀鍛鍊場客座版主。

04/11~04/24

雅集己丑年春季徵詩活動（詩題：春雨，七言絕句，限上平十一真、上平十五刪韻，但投稿兩首者，需分用二韻。）

07/01

杰、晁昊擔任新秀鍛鍊場鍛練場客座版主。

07/07~07/31

雅集己丑夏季徵詩活動（詩題：和張夢機教授〈夏日作〉，需與原作同韻，但不需步韻。每人得投稿一至二首。）

雅集己丑夏季新秀鍛鍊場組徵詩活動（詩題：舊夢，七言絕句，限上平四支或下平十一尤韻。）

08/22

於臺北縣板橋市南雅東路「逸馨園」舉辦雅集七週半年聚會，並邀請張國裕、莫月娥兩位詞長蒞臨指導。

09/01

雅集管理團隊決議編珠版暫停，但保留版面。

雅集版主輪替：

詩薈：風雲、子衡、樂齋

詞萃：小發、五葉

新秀鍛鍊場：李德儒、儒儒、李微謙
編珠兼總務：碧雲天
詩詞小講堂：壯齋
藝誥兼網管：故紙堆中人
留言版兼網管：維仁
杰、晁昊卸任新秀鍛鍊場客座版主。

09/16~10/05
己丑年秋季徵詞活動（詞題：夜市，蘇幕遮，限《詞林正韻》第三部。）

二〇一〇

01/10~02/07
己丑冬季徵詩活動（詩題：歲末，五言絕句，限下平七陽或下平十五咸韻，但投稿兩首者，需分用二韻。）
己丑冬季新秀鍛鍊場組徵詩活動（詞題：待春來，七言絕句，限上平八齊或下平七陽韻。）

03/04
雅集八週年聚會停辦。版主職務延長半年。

05/03~05/15
庚寅春季徵詩（詩鐘）活動（詩鐘，分詠格，分詠「雨傘」、「祖沖之」不露題面。）

06/04

儒儒於 facebook 成立「網路古典詩詞雅集」社團。

07/21~08/08

庚寅夏季徵詩活動（詩題：以現今氣候遽變等環保議題為主軸自由創作，題目自訂。七言絕句，不限韻，但投稿兩首者，需分用二韻。）

庚寅夏季新秀鍛鍊場組徵詩活動（詩題：植樹，七言絕句，限上平五微或下平一先韻，但投稿兩首者，需分用二韻。）

08/29

於臺北市泰順街 60 巷 Cafe Philo 舉辦雅集八週半年聚會，並邀請葉世榮詞長、賴欣陽教授蒞臨指導。對雅集諸多指導的張夢機教授與熱心參與雅集活動的夜風樓主詞長不幸辭世，故於聚會開始為兩位先生默哀一分鐘。即席創作七言絕句「遇雨」，限上平一東，下平一先，由葉世榮詞長、小發詞長分別擔任左右詞宗。

09/01

天之驕女詞長加入雅集管理團隊。

雅集版主輪替：

詩薈：風雲、壯齋、樂齋

詞萃：小發、五葉、碧雲天

新秀鍛鍊場：李德儒、子衡、天之驕女

編珠：李微謙

詩詞小講堂：儒儒
藝諎（兼網管）：故紙堆中人
留言版（兼網管）：維仁
總務：碧雲天

10/11
第一屆蔣國樑先生古典詩創作獎比賽開始徵稿，由淡江大學文學院、淡江大學中國文學系主辦。蔣國樑先生即雅集會員夜風樓主，此詩獎為其遺願。雅集成員於此詩獎亦出力甚眾。

10/14~11/08
庚寅秋季徵詩活動（詩題：瓶花，五言律詩，限上平一東或上平十一真，但投稿兩首著，需分用二韻。）

二〇一一

01/28~02/10
庚寅冬季徵聯活動（主題：燈謎對聯，可投一至二聯。）

02/20
於臺北市南昌路二段MIX咖啡館地下室舉辦雅集九週年聚會，並邀請林保淳教授蒞臨指導。席間猜射詩友冬季徵聯作品，天之驕女詞長贊助獎品以為獎勵。

03/02

雅集版主輪替：

詩薈：風雲、壯齋、樂齋

詞萃：小發、五葉、李微謙

新秀鍛鍊場：維仁、李德儒、天之驕女

編珠兼總務：碧雲天

詩詞小講堂：儒儒

藝誥兼網管：故紙堆中人

留言版兼網管：子衡

04/10

子衡於facebook成立「雅集交流園地」社團，原facebook「網路古典詩詞雅集」社團中止。

04/12~05/01

辛卯春季徵詩活動（詩題：下棋，七言律詩，限下平十一尤或下平十二侵，但投稿兩首著，需分用二韻。）

04/24

與天籟吟社、淡江大學驚聲古典詩社合辦古典詩學講座，每月第四個星期日於臺北市承德路三段之三千教中心舉辦。此次講題：詩詞吟唱與琴歌；主講人：洪澤南先生、程惠德先生。

05/22
古典詩學講座，此次講題：臺灣古典詩刊的發展與特色；主講人：李知灝教授。

05/31
網雅詩獎開始徵稿。本活動為配合網路古典詩詞雅集成立十週年舉辦，由雅集主辦，淡江大學中國文學系、臺北市天籟吟社協辦。

06/12~06/26
辛卯夏季徵詩活動（詩題：核災，七言絕句，不限韻，投稿兩首者，需分用二韻。）辛卯夏季新秀鍛鍊場組徵詩活動（詞題：夏夜，七言絕句，不限韻，但投稿兩首者，需分用二韻。）

06/26
古典詩學講座。此次講題：黃遵憲詩歌賞析；主講人：楊宗銘教授。

07/24
古典詩學講座。此次講題：談詩；主講人：徐國能教授。

08/28
古典詩學講座。此次講題：平生冷抱耽岑寂——談張夢機教授的古典詩創作；主講人：賴欣陽教授。本次講座為雅集九週年半聚會活動之一，演講結束後，移至象城餐廳聚餐及頒發春季、秋季與新秀鍛鍊場徵詩獎項。

09/02
為配合網雅詩獎，秋、冬兩季徵詩及新秀鍛鍊場徵詩活動暫停。雅集工作事務延長半年。

09/25
古典詩學講座。此次講題：臺灣古典文學史概說；主講人：黃美娥教授。

10/23
古典詩學講座。此次講題：新體自千秋——近體詩的形成；主講人：黃鶴仁先生。

11/26
「網雅詩獎」決審會議假台北市衡陽路「喫茶趣」餐廳舉行，決審詞宗陳文華教授、曾人口先生、楊維仁先生，列席版主小發、風雲、故紙堆中人。

11/27
古典詩學講座。此次講題：詩與書畫之融合；主講人：曾人口先生。

12/06
第二屆蔣國樑先生古典詩創作獎開始徵稿。

12/25
古典詩學講座。此次講題：燈謎的趣味與創作；主講人：高武義先生。

二〇一二

02/11
網雅詩獎頒獎典禮，於台北市巴赫廳舉辦。

活動經費贊助芳名錄

此次舉辦「網雅詩獎」活動之經費，自二〇一一年四月至二〇一一年八月止，共募得新台幣三一三、〇〇〇元、美金八〇〇元、港幣四、一〇〇元。感謝各位詞長對於「網路古典詩詞雅集」之信任與支持。茲將芳名分錄於次，以誌盛情。（以下依姓氏筆劃排序，姓名後之括弧中為雅集註冊筆名）

社團部份

台北市天籟吟社　一〇〇、〇〇〇元

個人部份

李佩玲（卞思）　二〇、〇〇〇元
李克修（芬陀利）　一〇、〇〇〇元
李凡　港幣一、三五〇〇元
吳宜鴻（sigmax）　二〇、〇〇〇元
吳秀真（雲夢泛影）　三、〇〇〇元
周煒強（一方）　港幣二、七五〇〇元
洪淑珍　三、〇〇〇元
洪澤南　六、〇〇〇元

孫秀珠（璐西） 五、〇〇〇元
陳琳瑤（琳瑤） 三、〇〇〇元
陳佳凌（寒煙翠） 二、〇〇〇元
陳靄文 美金五〇〇元
楊瑞航（皞月者） 美金三〇〇元
廖明輝（竹塘立影） 五、〇〇〇元
簡穎益（晏齋） 三、〇〇〇元

網路古典詩詞管理群

王凌蓮（碧雲天） 五〇、〇〇〇元
李知灝（壯齋） 一〇、〇〇〇元
李正發（小發） 二、〇〇〇元
吳身權（子衡） 一〇、〇〇〇元
吳俊男（風雲） 一、〇〇〇元
楊維仁（維仁） 一〇、〇〇〇元
鄭中中（天之驕女） 四〇、〇〇〇元

編後記

李知灝

陸子云：「石韞玉而山輝，水懷珠而川媚。」詩集亦然。《網海拾粹》一書，集當代古典詩之能手，兼以網路古典詩詞雅集近年之徵選佳作，展現當代古典詩之活力，正所謂韞玉山輝矣。

然而，和氏之璧，縱有卞和，亦難教人輕信於璞石之時。詩集之美，若皮相難令人矚目，也難以讓佳作呈現於讀者之前，更遑論推廣詩教之美。而當今書肆充盈，典籍滿庫，如何於群書中綻放異彩、引人入勝，即為主編之責。

此次忝居主編之任，然因俗事纏身，未能全心投入，賴眾人之力而得以編成此書。網雅詩獎稿務由富鈞（故紙堆中人）擔當大任，海外組則由風雲詞長協助，詞宗之聯繫、會議之記錄，皆賴二位。

更蒙天籟吟社歐陽理事長、淡江大學中文系殷主任贈序，以及李德儒、樂齋兩位版主題序並協助撰寫編輯緣由，為斯集更添光采。其餘部分亦得雅集同仁大力支持，不勝感謝。

至若詩集封面，亦事關重大，故力邀徐上婷小姐協助設計。徐小姐乃哲學系畢業、藝術教育研究所碩士，兼容哲思與藝術美感，成就此書之封面與內容彩頁。封面色調爽朗、並以透明浮雕方式呈現獲獎者之姓名與詩題，其巧思當可副諸位詩家之文采。

草草數語，置於書末。如有未盡之處，還請海涵。

二〇一二年一月，於中正大學台灣文學研究所文化創意研究室

國家圖書館出版品預行編目(CIP)資料

網海拾粹：網雅詩獎暨網路古典詩詞雅集十週年紀念集 / 網路古典詩詞雅集管理團隊編輯. -- 初版. -- 臺北市：萬卷樓, 2012.02
面； 公分
ISBN 978-957-739-745-4(平裝)

831.86 101001481

網海拾粹：網雅詩獎暨網路古典詩詞雅集十週年紀念集

編　　輯：網路古典詩詞雅集（www.poetrys.org）
編輯委員：王凌蓮、吳身權、吳俊男、李正發、李岳儒、李知灝、李皇志、李德儒、張富鈞、張韶祁、曾家麒、楊維仁、鄭中中
責任編輯：李知灝、張富鈞
發 行 人：陳滿銘
出 版 者：萬卷樓圖書股份有限公司
臺北市羅斯福路二段 41 號 6 樓之 3
電話(02)23216565・23952992
傳真(02)23944113
劃撥帳號 15624015
出版登記證：新聞局局版臺業字第 5655 號
網　　址：http://www.wanjuan.com.tw
E－mail：wanjuan@tpts5.seed.net.tw
承印廠商：財政部印刷廠
電話：(04)24953126
定　　價：320 元
出版日期：2012 年 02 月初版

ISBN 978-957-739-745-4